DATE DUE

DEC 0 5 2014	

Les Revenants

JEAN MOLLA

Les Revenants

LE PARFUM DU RUBAN VERT

RAGEOT

Pour mon Noé.

Couverture de Vincent Dutrait

ISBN : 978-2-7002-3404-6

PROLOGUE

L'image est nette. Légèrement bleutée. Elle montre une salle circulaire dont le plafond en coupole, couvert de plaques d'acier, renvoie un éclat terne. On y a installé un labyrinthe en verre à l'extrémité duquel une forme menue s'agite, prisonnière d'une cage. Un voyant rouge clignote au-dessus de la porte qui coulisse dans un chuintement mou.

Les moustaches frémissantes, le rat trottine jusqu'au seuil et s'immobilise.

Ses yeux perçants inspectent le circuit transparent qui mène au bol de porcelaine. Soudain, il s'élance et traverse à toute allure les couloirs aux parois glissantes. Il est sur le point de franchir la dernière étape du parcours – un tube partagé en son milieu par un anneau de métal strié : le tore – quand il s'immobilise, alerté par un bourdonnement. L'animal s'assied sur ses pattes arrière et se redresse. Sa tête pivote d'un côté puis de l'autre tandis qu'il scrute les lieux, en quête d'un danger. La grande salle est vide. Apaisé, il reprend sa position initiale et tend le cou.

Le bourdonnement provient de l'anneau brillant. Le rat s'en approche, l'effleure de son museau, le flaire. Ses pattes griffues se posent avec circonspection sur le métal, dérapent sur sa surface polie. Il reprend son équilibre, renifle à nouveau et, visiblement soulagé, s'apprête à franchir l'obstacle.

Les nanocapteurs disséminés sur l'anneau enregistrent le mouvement de l'animal et transmettent à l'ordinateur central le signal qui commande l'afflux de millions de mégawatts dans les inducteurs de champ Einstein-Rosen.

Dans le laboratoire, l'intensité de l'éclairage diminue brutalement puis se rétablit. Les caméras disposées de chaque côté du labyrinthe zooment brutalement sur le rat dont l'image s'affiche en gros plan sur les moniteurs.

À cet instant, l'image se brouille et des corpuscules noirâtres, semblables à des mouches virevoltantes, envahissent l'écran, l'obscurcissent puis disparaissent tout aussi soudainement.

LE RAT

Un murmure d'inquiétude monta dans la pièce. Indifférente à ces curieux parasites, Li-Lan Nguyen se pencha vers son directeur, le professeur Devinteuil, et l'interrogea à voix basse :

– Passera, passera pas ?

Elle travaillait sur le projet *Porte des mondes* depuis trois ans et son flegme faisait merveille lors des moments de tension.

Légèrement en retrait, la jeune femme observait avec détachement le groupe d'hommes en costume et en blouse blanche qui suivaient, le souffle court, la progression du rongeur. La salle dans laquelle se déplaçait l'animal était séparée d'eux par un mur de dix mètres d'épaisseur, imperméable aux champs magnétiques comme aux radiations.

Sous les plaques d'acier qui la blindaient, se trouvaient les vingt inducteurs de champ Einstein-Rosen que le professeur Devinteuil avait achevé de mettre au point l'année précédente. Vingt autres attendaient dans les réserves d'être connectés à un modèle plus imposant du tore. Un modèle qui permettrait à un humain de le franchir sans problème.

– Bien sûr qu'il passera ! répondit le physicien sans une once d'hésitation. Ce rat n'a pas mangé depuis hier. Il sait qu'il trouvera sa pitance au bout du labyrinthe. L'ennui, c'est qu'il doit percevoir les vibrations engendrées par les inducteurs. Ça l'inquiète.

Sa collègue se pressa contre lui pour souffler à son oreille :

– Vous pensez que celui-ci ressortira du trou de ver[1] ?

Auprès de n'importe qui d'autre, Devinteuil aurait manifesté sa mauvaise humeur mais les yeux en amande de Li-Lan réveillaient en lui une nostalgie de jeunesse. Il haussa les épaules avec fatalisme. Son équipe avait besoin de nouveaux crédits. L'achat de matériel nécessaire à la réalisation des supraconducteurs révolutionnaires qui avaient permis le fonctionnement des inducteurs de champ avait englouti le budget de l'année. Et ils étaient si près du but !

– J'en suis persuadé. J'ai revu tous les câblages avec les ingénieurs et les modèles mathématiques ont été affinés. Nous avons un expert à convaincre. Un expert qui tient les cordons de la bourse. Je fais le pari que notre rat reviendra !

Du coin de l'œil, le physicien observa Faustin, le représentant du gouvernement. Cheveux impeccablement coiffés et gominés, rasage au millimètre, sanglé dans un costume anthracite, son regard glacial passant d'un écran à l'autre, il avait l'air de s'ennuyer ferme.

1. Appelé également pont Einstein-Rosen : puits gravitationnel qui permettrait un passage vers d'autres univers.

Devinteuil lui avait annoncé un spectacle de premier choix. Pourtant, le haut fonctionnaire, qui avait une longue pratique des chercheurs courant après les subventions, avait accueilli ses propos avec une froideur étudiée.

Un murmure monta de l'assistance. Ce n'était pas la première fois que les collaborateurs de Devinteuil assistaient à l'expérience, mais elle provoquait toujours en eux le même émoi effaré.

Le rat s'était engagé dans le tore qui ne mesurait pas plus de deux centimètres de largeur. La moitié de son corps était passée et pourtant, il ne réapparaissait pas de l'autre côté ! Il avança encore, ses pattes arrière reprirent appui sur le rebord intérieur de l'anneau et s'évanouirent.

– Bon sang de bois, où est cette bestiole ? lâcha Faustin stupéfait.

PENSÉES FUNÈBRES

Le globe flottait à trois mètres du sol, parfaitement immobile et, tel un minuscule soleil, dispensait une lumière douce et dorée. Ses rayons tombaient à la verticale sur une dalle ciselée. La pierre était couleur de sang caillé, percée de fins canaux semblables à ceux que l'on peut observer sur un os desséché. Sur sa surface rugueuse se découpait le visage d'un adolescent aux traits volontaires, brouillés par une expression effrayée.

Comme chaque jour depuis qu'il était revenu à Comberoumale, Quentin suivit du doigt le contour du menton, de la bouche, des yeux. La pierre retenait son frère, Nicolas, et, en dépit de ses pouvoirs, il était incapable de l'aider à s'en évader.

Il était d'ailleurs incapable de l'aider en quoi que ce soit !

Depuis quelques semaines, les aventures qu'il vivait le dépassaient et il aurait aimé renouer avec son existence d'avant, celle d'un garçon sans vrais problèmes, à qui il n'arrivait jamais rien d'inquiétant. Un garçon dont le père était vivant, la mère épanouie et le frère parfois blessant, certes, mais présent.

Si au moins il avait pu se frayer un chemin jusqu'à Nicolas et le ramener avec lui ! D'un geste las, il posa son bâton et massa ses tempes. Pourquoi se mentir ? Il n'existait qu'un moyen de libérer son frère : renvoyer le démon qui lui avait volé son corps, Azael, dans la pierre, avant qu'il ait eu le temps de rassembler les membres épars de la statue de Baalzébuth, son maître, et lui donner vie.

Mais pour cela, lui, il n'avait d'autre choix que d'accueillir le démon en lui et de mourir.

Cette pensée, lancinante, le hantait. Cinq siècles plus tôt, un sorcier aussi puissant que Jacques Guernière, victime de la même malédiction, avait dû accepter de périr sur le bûcher pour que le démon regagne sa prison. Lui, Quentin Daurevilly, son héritier, n'aurait sans doute pas d'autre fin.

Un froissement attira son attention. Il leva les yeux en direction de l'ouverture ménagée dans le mur. La silhouette élancée d'une jeune fille à l'épaisse chevelure brune s'y découpait.

– Je ne te dérange pas ?

– Non, entre.

Anne vint s'asseoir à côté de lui et appuya sa tête sur son épaule. Il émanait d'elle une formidable puissance et ses mouvements étaient aussi souples et gracieux que ceux d'un félin.

– Toi non plus tu ne dors pas ? interrogea-t-elle avec une pointe de tristesse dans la voix. J'en avais assez de tourner en rond là-haut.

Son compagnon l'étreignit et sentit sous ses doigts les formes dures que dessinaient ses muscles. Anne n'évoquait guère Simon, mais Quentin savait que le souvenir de son ami ne s'affadissait pas et que d'affreux cauchemars la tourmentaient chaque nuit. Ne pas dormir, c'était ne pas rêver, ne pas donner prise à ce qu'il y avait d'incontrôlable en elle.

– Toujours rien ? reprit-elle en désignant la dalle.

– Rien. Je ne réussis pas à en forcer la porte. Maman y est entrée plusieurs fois mais elle n'y parvient plus. Tu le sais, la seule solution pour retrouver Nico est de renvoyer Azael dans la pierre.

– C'est à ça que tu penses sans cesse, dis-moi ?

Anne avait accompagné ses paroles d'une caresse sur la joue de Quentin.

– À ça et à d'autres choses...

Il n'arrivait pas à lui avouer que l'attitude de Violaine le navrait. Depuis leur retour de Rennes-le-Château, elle le fuyait et c'est à peine si elle lui adressait la parole lorsqu'elle le croisait.

Son amie se cabra et, de nouveau, il perçut la violence qui couvait en elle. Cette violence qu'Azael avait semée, en lui faisant don de ses pouvoirs exceptionnels, et qui avait causé la mort de Simon.

– Tu t'imagines que je te laisserai mourir sans rien faire ?

La jeune fille le serrait avec tant de force qu'il était incapable de bouger, conscient que si elle l'avait voulu, elle aurait broyé ses os comme s'il s'agissait de branchettes.

– Je sais ce dont tu te persuades, balbutia-t-elle les yeux pleins de larmes. Arracher Azael du corps de

Nicolas et mourir pour qu'il retourne dans la pierre. Eh bien moi...

Elle regarda la dalle. L'expression féroce qui habitait ses traits céda la place à une grande douceur.

– Moi, je n'ai jamais aimé personne à part Simon...

Un rictus contracta sa bouche et ses lèvres tremblèrent. Quentin comprit qu'elle luttait pour ne pas pleurer. Jamais Anne ne s'était permis d'exprimer ses sentiments devant quiconque. Les efforts qu'elle déployait maintenant pour lui ouvrir son cœur étaient cyclopéens.

– ... et toi !

Ses mots se perdirent dans un sanglot.

– Anne, moi aussi, je...

– Alors si tu crois que je vais te laisser disparaître sans rien faire, tu te trompes ! Je ne l'accepterai jamais, tu m'entends ? Jamais !

Elle s'était levée et contemplait la pierre avec rage. Soudain, elle tendit le poignet et, de l'ongle de la main droite, l'entailla. Trois gouttes de sang tombèrent de la plaie et disparurent aussitôt.

– Tu es folle ! s'écria Quentin. Cette pierre est mauvaise. Tu te lies à elle en lui offrant ton sang.

– Non, je me lie à toi, répondit Anne. Et je prête le serment, sur le sang que je viens de verser, que jamais Azael ne l'emportera. Je le tuerai avant.

– Personne ne peut le tuer ! Pas plus qu'on ne peut tuer son maître. Souviens-toi de la prophétie que nous a révélée le professeur Lavelanet : « Celui qui effacera le nom du Seigneur des Mouches sera l'unique aux cent millions de bras. » Si seulement nous savions qui il est !

– Je m'en moque, éructa-t-elle en accompagnant ses mots d'un coup de poing sur le sol.

Un écho roula dans la cave et s'éteignit. Quentin observa le visage crispé de sa compagne, ses pupilles dilatées. Ses accès de férocité le terrifiaient. Tout comme lui, elle jouait avec des forces qui la dépassaient, à cette différence près qu'elle ne mesurait ni la portée de ses actes ni celle de ses paroles.

Comme en réponse à ses pensées, Anne plissa les paupières et lâcha en détachant chaque syllabe :

– Tu ne sais pas de quoi je suis capable.

– Non, répondit Quentin d'une voix blanche, mais je sais de quoi Azael, lui, est capable.

LE MULTIVERS

– Répondez-moi, nom de nom ! Où est ce fichu rongeur ?

Faustin, suffoqué, fixait l'écran de contrôle. Le couloir dans lequel le rat s'était engagé était vide. Devinteuil fut ravi de constater que l'imperturbable énarque en oubliait sa réserve, tout comme les tournures surannées dont il se plaisait à émailler sa conversation.

– Il devrait réapparaître dans combien de temps, si ça marche ? interrogea Li-Lan.

– Si ça marche ? Mais ça va marcher ! Une dizaine de secondes tout au plus, répondit son supérieur.

Effectivement, sur les écrans de contrôle, l'assemblée vit le rat sortir de l'anneau et trottiner jusqu'au bol en porcelaine. Il y préleva une noisette qu'il entreprit de grignoter.

– Qu'est-ce que c'est que ce tour de passe-passe ? fulmina Faustin en se dirigeant vers le directeur de recherches. Vous vous moquez de moi ? Je ne suis pas venu ici pour assister à un spectacle d'illusionniste.

– Ce n'est pas un spectacle d'illusionniste, répondit placidement Devinteuil, mais une expérience scientifique de premier plan.

– Où était cet animal ? C'est par un jeu de miroir que vous l'avez fait disparaître ?

Le physicien soupira.

– Je suis un spécialiste de la physique quantique, pas un prestidigitateur ! Le rat est passé dans un autre univers avant de revenir dans le nôtre grâce à un procédé que mon équipe et moi avons mis au point. Nous avons foré dans la matière espace-temps ce que nous appelons un trou de ver.

– Un trou de quoi ?

– Un trou de ver ! Une sorte de trou noir miniature, si vous préférez. Parfaitement contrôlé, je vous rassure. En d'autres termes, nous sommes parvenus à ménager un passage de notre univers jusqu'à l'un des innombrables mondes qui coexistent avec le nôtre. Un univers parallèle, pour reprendre une expression que les films et les romans de science-fiction ont popularisée. Quant à vous dire quel était le monde qu'a traversé un bref instant ce sympathique rongeur, mystère, si ce n'est que l'atmosphère y était respirable puisqu'il a survécu !

Faustin dévisagea le physicien, lèvres closes, comme incapable d'articuler un son. Il reporta son regard sur le rat, sur les écrans qui tapissaient le mur, sur les chercheurs qui commentaient l'expérience à voix basse, et pinça l'arête de son nez. Il n'ignorait pas qu'il était confronté à la fine fleur de la recherche française, avec les esprits les plus acérés dans le domaine de la physique théorique et appliquée.

Son interlocuteur, Charles Devinteuil, avait démissionné du poste de directeur de recherches qu'il occupait au Cern[1] depuis vingt ans afin de mener ses travaux dans ce laboratoire ultrasecret financé par le ministère de la Défense nationale. Il y avait entraîné avec lui la plupart de ses collaborateurs. Ces gens n'étaient ni des plaisantins ni des truqueurs mais bien ce qu'il fallait appeler des génies.

– J'ai lu attentivement le rapport du projet *Porte des mondes* que vous avez transmis au ministre, toutefois je n'y ai compris goutte, je le confesse. Vos histoires de « chat de Schrödinger », de « matière exotique », de « théorie des cordes » ou « de vide quantique qui subit des fluctuations d'amplitude variables » me passent complètement au-dessus de la tête ! Pour faire simple, je suppose que ce que vous avez découvert est important ?

Devinteuil leva les yeux au ciel et ses sourcils s'arrondirent. Faustin, agacé, comprit qu'il avait proféré une stupidité. Ses conversations avec Devinteuil lui procuraient un désagréable sentiment d'infériorité intellectuelle qu'il dissimulait sous des manières cassantes.

– Nous sommes simplement en train de révolutionner notre perception de l'univers et notre rapport avec lui.

– Des applications civiles et militaires ?

– Vous auriez demandé ça à Christophe Colomb ?

Une pointe de mépris perçait dans la voix du physicien.

Le visage de Faustin se ferma sur-le-champ.

1. Centre européen de recherche nucléaire.

Comprenant qu'il avait froissé son interlocuteur, Devinteuil ajouta sur un ton conciliant :

– Je ne peux pas vous répondre précisément. En revanche, je n'hésiterai pas à affirmer qu'après la révolution Internet nous sommes sur le point d'entrer dans un nouvel âge, celui du multivers.

– Le multivers ? interrogea Faustin abasourdi.

– Le terme a été forgé par mes collègues physiciens pour désigner l'ensemble des univers possibles, parmi lesquels figure bien entendu le nôtre. En d'autres termes, ces univers multiples et infinis sont désormais à notre portée grâce aux inducteurs de champ que j'ai mis au point. Je peux vous garantir avec certitude des ressources en matières premières et en énergie illimitées.

– Des ressources en matières premières et en énergie illimitées ? répéta Faustin, estomaqué. Vous êtes sérieux ?

Devinteuil acquiesça et ajouta, certain que sa remarque allait porter :

– On ne peut plus sérieux ! D'après mes informations, les équipes de recherche américaines sont très en retard sur nous et elles n'ont aucune idée de l'état de nos travaux. Cette fois-ci, la France et l'Europe vont prendre une avance technologique qu'il leur sera impossible de rattraper. Le moment est historique, songez-y. On le citera un jour dans les manuels.

Le représentant du gouvernement hocha la tête et s'absorba dans la contemplation du rat. S'il peinait à comprendre ce qui se passait, il avait cependant enregistré l'importance des enjeux politiques et économiques.

Devinteuil adressa un clin d'œil victorieux à Li-Lan et sourit au reste de l'équipe. C'était gagné ! Faustin allait lâcher sur les budgets et le laboratoire pourrait passer à la vitesse supérieure. Ils possédaient à présent suffisamment d'inducteurs de champ Einstein-Rosen pour forer un trou de ver de la taille d'un homme. Le problème était de déterminer un point d'arrivée dans un univers précis et ne plus se fier au hasard comme jusqu'à présent.

À l'aide des nouveaux crédits, ils investiraient dans des ordinateurs surpuissants et entameraient la phase délicate qui permettrait de rendre opérationnelle leur découverte. Mais pour cela, il faudrait développer un logiciel révolutionnaire qui supposait des compétences qu'aucun membre de son équipe ne possédait.

Où se trouvait le démon de l'informatique qui saurait réaliser le programme qui leur faisait défaut ? Un programme capable de trier parmi les milliards d'informations que les scanners quantiques leur fourniraient en sondant le multivers.

Pour l'instant, il n'en avait pas la moindre idée.

Il eut alors la surprise d'apercevoir, derrière Devigne et Marolleau, les ingénieurs qui l'avaient aidé à mettre au point les inducteurs de champ, un jeune homme qu'il ne connaissait pas. Son front était barré par une longue mèche brune et ses yeux étincelants le couvaient avec une joie féroce.

Qui était-il ? À l'exception du personnel accrédité, personne n'était autorisé à pénétrer dans le centre. Le physicien faillit pousser une exclamation de stupeur quand, tout aussi soudainement qu'il était apparu, l'inconnu s'évanouit.

– Vous allez bien ? s'inquiéta Li-Lan qui avait remarqué sa mine défaite et son teint blême.

Elle posa sa main sur son bras et le physicien se surprit à savourer ce contact inattendu. Il secoua la tête.

– Oui, tout va bien, juste un peu de fatigue. Rien de plus normal après ces jours de tension.

Devinteuil allait ajouter : « Croyez-moi si vous voulez, j'en suis venu à voir un intrus dans la pièce ! » Il préféra cependant s'abstenir. Li-Lan aimait la plaisanterie mais cette fois-ci, elle le prendrait pour un fou.

« Mon imagination me joue des tours, songea-t-il mal à l'aise. N'empêche, ce garçon avait un air diabolique ! »

BLESSURES

Violaine détourna la tête et baissa les paupières. Depuis leur retour de Rennes-le-Château, sa mélancolie allait croissant et l'image que lui renvoyait son miroir l'accablait : celle d'une vieille femme à la peau flétrie, aux yeux cernés par l'insomnie, aux cheveux blancs et ternes. Lui faudrait-il, désormais, éviter de se brosser les dents le matin pour ne pas croiser son reflet ? Ses doigts se crispèrent quand une vive douleur transperça sa main droite.

En dépit du sort de guérison qu'elle avait prononcé puis du désinfectant qu'elle avait appliqué sur sa paume, la blessure qu'Arnaud de Blanquefort lui avait infligée quelques jours plus tôt ne cicatrisait pas. Elle enleva le pansement qui la recouvrait et aperçut une plaie rougeâtre d'où s'écoulait un liquide transparent à l'odeur légèrement aromatique.

– Je pense que je ne couperai pas à une prescription d'antibiotiques ! marmonna-t-elle agacée. C'est un comble, moi qui n'ai pas été malade depuis près de six siècles !

Elle tamponna la blessure avec un antiseptique, refit son pansement et contempla son avant-bras couvert de taches brunes. La vieillesse était une épreuve pour les humains en général. Elle l'était encore bien davantage pour elle dont le déclin s'étirait lentement depuis plus de deux cents ans.

Jusqu'alors, elle l'avait accepté avec sérénité. L'idée de rejoindre Jacques Guernière, son maître en sorcellerie, et sa mère, la Galafre, dans la mort lui apparaissait comme une issue nécessaire.

Deux événements avaient modifié sa perception des choses.

Sa rencontre avec Quentin, d'abord. Le sort ourdi par les compagnons de Jacques, au XVe siècle, avait permis au maître sorcier de vivre une seconde existence à travers ce garçon. Leurs retrouvailles avaient été la plus grande mais aussi la plus douloureuse épreuve de sa vie.

L'annonce que son invraisemblable longévité était un cadeau empoisonné d'Azael, ensuite. Le démon, qui ambitionnait d'ouvrir à son maître, Baalzébuth, et aux légions infernales, une porte qui les conduirait sur Terre, avait décidé de son destin, dès avant sa naissance. Si elle était venue au monde, puis avait survécu, c'est qu'Azael avait besoin d'elle. Fille d'une sauvageonne et d'un fou assassin brûlé six siècles plus tôt, elle était l'élue, celle dont le sang versé permettrait au Seigneur des Mouches de s'incarner.

Et de régner.

Violaine s'appuya des deux mains au lavabo. Elle avait passé une nuit éprouvante, ne succombant à un sommeil agité qu'aux petites heures de l'aube. Était-ce à cause de cette blessure qui l'avait tant fait souffrir ou pour avoir surpris Anne et Quentin en train de s'embrasser ?

À ce souvenir, il lui sembla qu'un animal tapi dans sa poitrine se réveillait et déchiquetait son cœur à coups de griffes. La blessure dans sa paume l'élança plus fort, lui arrachant un gémissement de douleur. Les jambes tremblantes, elle s'assit sur le rebord de la baignoire et tenta de recouvrer son calme.

Une femme de son âge était-elle en droit de jalouser une fille de dix-sept ans ? Une expression douloureuse anima ses traits. Il ne s'agissait pas de jalousie. Plutôt d'amertume. Comment aurait-elle pu imaginer que la vue de leurs corps enlacés la bouleverserait à ce point ? Elle avait essayé d'expulser cette vision de son esprit mais sans cesse l'image d'Anne et de Quentin revenait s'y loger, comme un insecte gênant.

Une mouche bourdonnante. Insupportable.

Se redressant, elle voulut affronter son reflet et poussa un cri d'effroi. À la place de son visage, elle reconnut celui d'Azael qui la fixait avec une expression singulière. Elle n'y lisait pas cette ironie glaçante qu'il avait toujours adoptée à son égard mais une douceur insolite, une forme de compréhension ou plutôt de compassion.

La douleur dans sa paume s'apaisa aussitôt, cédant la place à un délicieux engourdissement. Fascinée, elle vit les traits d'Azael s'altérer, bientôt remplacés par ceux d'une jeune fille aux longs cheveux noirs.

Le visage ovale, éclairé par d'immenses yeux verts, était harmonieux. La peau, aussi lisse et translucide qu'une porcelaine, avait un aspect rare et précieux.

Machinalement, Violaine porta la main à sa joue et frissonna au contact de son épiderme ridé.

Dans le miroir, la jeune fille avait exécuté le même geste et la contemplait avec une expression désolée.

– Qu'est-ce qui m'arrive ? balbutia Violaine. Je deviens folle.

Ce reflet était le sien, tel qu'elle en conservait le souvenir. En dépit des siècles, des épreuves, elle était restée cette adolescente au teint frais et lumineux pour qui la vie était pleine de promesses et d'espoirs.

Que n'aurait-elle donné pour retrouver sa jeunesse perdue, pour rectifier ses erreurs, pour se forger un autre destin ? Au lieu de quoi, elle avait suivi une voie qu'elle n'avait pas choisie.

Seule.

Elle quitta la salle de bains et gagna le salon. Rakshasa, lovée sur le canapé à la manière d'un énorme chat, leva la tête.

– Tu n'as pas l'air dans ton assiette.

– Si, ça va, répondit Violaine.

Son interlocutrice secoua sa crinière fauve.

– Ne me raconte pas d'histoires, ça fait plus de quatre cent cinquante ans qu'on se connaît ! Tu es plus pâle que si tu avais croisé un fantôme.

« Tu ne crois pas si bien dire, songea Violaine avec tristesse. Pas un fantôme mais tous les fantômes de mon passé. Je suis hantée par les regrets, le chagrin, la nostalgie. La colère. »

– Mets ça sur le compte des émotions et de la fatigue, dit-elle sur un ton qu'elle s'efforça de rendre léger. Notre affrontement avec Azael et Arnaud de Blanquefort n'a pas été une partie de plaisir et ouvrir une brèche dans le temps pour que nous récupérions les pieds de la statue m'a épuisée.

– Tu n'as pas oublié que Jeanne et Quentin nous attendent pour le déjeuner ?

Violaine n'avait nulle envie de voir Quentin. Ni Anne. Elle se sentait incapable de supporter ces signes minuscules que les amoureux s'échangent en croyant naïvement que personne ne les remarquera.

Luttant contre un ressentiment qui la mortifiait, elle ébaucha une parodie de sourire et articula :

– Je n'ai pas faim, Rak. Je vous rejoindrai plus tard.

– Tu n'as pas oublié non plus que nous devons arrêter notre plan de bataille ? Nous sommes quasiment à égalité, maintenant. Azael possède la moitié de la statue de Baalzébuth, nous avons l'autre. Que décider ? Nous mettre en chasse ou attendre qu'il se manifeste ?

Un élancement douloureux transperça la main de Violaine qui parvint néanmoins à n'en rien exprimer. « Nous mettre en chasse ou attendre qu'il se manifeste ? » s'était interrogée Rakshasa. En apparaissant dans le miroir de la salle de bains, le démon avait-il tenté d'établir un contact avec elle ?

Jugeant cette idée absurde, elle comprima sa blessure jusqu'à ce que la souffrance s'atténue.

– Je me rappelle que nous devons nous réunir, répondit-elle, et je vais réfléchir à ce que tu m'as dit. Va chez les Daurevilly avec Ogier, je vous retrouve après le repas.

Violaine quitta la pièce. Rakshasa resta les yeux dans le vague, songeuse. Quelque chose dans l'attitude de son amie la mettait mal à l'aise sans qu'elle sût le pointer du doigt. Son attention fut alors attirée par une odeur étrange, épicée. Violaine portait-elle un nouveau parfum ? Intriguée, elle inspira à plusieurs reprises pour tenter de l'identifier puis renonça.

L'odeur s'était évaporée, lui laissant une impression déplaisante qu'elle ne s'expliqua pas.

FLEURS ÉCARLATES

Le désert infini.

Les dunes de sable rouge.

Le vent qui murmure sans jamais se lasser.

Nicolas marche. Il marche, parce que seuls les pas qu'il aligne, l'un après l'autre, donnent du sens à son attente.

Sa langue passe sur ses lèvres craquelées. En dépit de sa peine, de sa peur, de sa souffrance, il sait qu'il n'est pas seul.

Il sait que, quelque part, quelqu'un pleure sur lui et ne l'oublie pas.

Il sait que, bientôt, des larmes tomberont du ciel incarnat et lui apporteront, sinon la paix, du moins l'espoir.

L'espoir d'échapper à cet enfer où chaque instant est semblable au précédent, chaque dune identique à celle qui la précède.

Un mouvement attire son attention. Ce sont trois fleurs écarlates, écloses sur le sable.

Les bourrasques les secouent et menacent de les arracher. Les tiges ploient, les pétales s'ébouriffent mais les fragiles végétaux restent arrimés au sol, comme si leurs racines s'enfonçaient loin dans les profondeurs du désert.

Nicolas s'en approche et s'agenouille. Il effleure les fragiles étamines couleur de sang et perçoit la force qui les habite.

Une force qui n'est pas celle de ce désert, une force amicale qui irrigue ses muscles, ses os, son corps desséché et douloureux.

Un nouveau fil s'est tendu entre les siens et lui.

Un fil ténu et fragile.

Un fil qui lui confirme que la délivrance est peut-être proche.

De nouvelles rafales fouettent les fleurs qui se courbent sous leur violence puis se redressent.

LE PACTE

Le taxi s'arrêta devant le *Lost Paradise* et le professeur Devinteuil en sortit après avoir réglé sa course. Les battements de son cœur s'accélérèrent quand il poussa la porte du bar. Une odeur d'alcool et de parfum lui parvint, agaçant plaisamment ses narines.

Un comptoir de bois et de cuivre s'étirait jusqu'au fond de la salle. De rares consommateurs, perchés sur des tabourets hauts, y discutaient à mi-voix. Le barman le salua d'un signe de la tête auquel le physicien répondit avant de se diriger vers une série de box baignés d'une lumière tamisée. L'atmosphère était intime, et la musique, du jazz des années cinquante, de premier choix.

Déçu, il constata que Li-Lan n'était pas encore arrivée. Devinteuil consulta sa montre et sourit. Il avait plus d'un quart d'heure d'avance. « Je me comporte comme un collégien, songea-t-il. À mon âge, c'est ridicule ! »

– Vous attendez quelqu'un ?

Une serveuse s'était approchée et le physicien apprécia l'élégance discrète de ses vêtements. Ce bar était vraiment une excellente adresse.

– Oui, une amie.

– Désirez-vous commander en l'attendant ?

Il faillit refuser puis pensa qu'un verre d'alcool lui ferait le plus grand bien.

– Volontiers. Apportez-moi un cognac, s'il vous plaît, quelque chose qui me surprenne.

Devinteuil s'installa sur une banquette et se laissa bercer par les sons veloutés du saxophone. C'était un thème qu'il affectionnait, *Naima* de John Coltrane, joué par le maître en personne. Il ne put s'empêcher d'y lire un agréable présage.

En début de matinée, le physicien avait reçu un appel de Li-Lan Nguyen, sa collaboratrice. La jeune femme lui offrait d'aller boire un verre en tête-à-tête vers vingt et une heures, pour fêter leur succès de la veille. Comme il s'étonnait de cette proposition inattendue, Li-Lan avait répondu avec piquant :

– Vous m'imaginez vous inviter pendant mes heures de travail au labo ? Ce serait une faute de goût, voire une faute professionnelle.

– Et vous ne fautez jamais ? s'était-il entendu répliquer avec une audace qu'il ne se connaissait plus.

Elle lui avait répondu par un éclat de rire et lui avait indiqué l'adresse du *Lost Paradise*.

C'était la première fois qu'ils allaient se rencontrer de manière privée et il ne pouvait nier que Li-Lan le séduisait plus que de raison. C'était une jeune femme particulièrement gracieuse et lui, le vieux solitaire, se sentait pousser des ailes lorsqu'il se trouvait en sa compagnie. Depuis combien d'années n'avait-il ressenti d'émotions comparables ? Il n'aurait su le dire. La recherche avait dévoré sa vie et il en éprouvait parfois une surprise désenchantée.

– Votre cognac, monsieur. Le meilleur que nous ayons en cave.

Devinteuil remercia la serveuse et imprima un mouvement circulaire au verre afin de libérer les arômes de l'alcool. Lentement, il l'approcha de ses lèvres et en savoura d'abord le bouquet.

– Je vous sais amateur de cognac, professeur. J'espère que celui-ci est à votre convenance. Vous permettez que je prenne place ?

Un jeune homme mince, au front barré d'une longue mèche brune, se tenait devant sa table. Décontenancé, Devinteuil répondit :

– Je suis désolé mais j'attends quelqu'un.

– Oh, je crains que votre rendez-vous ne soit annulé ! Mademoiselle Nguyen ne pourra pas vous rejoindre. Un empêchement de dernière minute.

Le physicien fixa l'inconnu avec froideur.

– Si c'était le cas, elle m'aurait appelé sur mon portable ! Qui êtes-vous pour parler en son nom ?

Peu impressionné par la sécheresse du ton, le jeune homme s'assit en face de Devinteuil et leva la main en signe d'apaisement.

– Calmez-vous, professeur. Vous ne perdrez rien au change, croyez-moi.

Retenant son irritation, Devinteuil tira de son portefeuille un billet de vingt euros qu'il posa sur la table. Il se levait pour partir quand l'inconnu lui demanda :

– À propos, ne me reconnaissez-vous pas ?

Il semblait si sûr de lui que le physicien l'étudia plus en détail. Ce visage lui rappelait quelqu'un mais où l'avait-il croisé ? Il étouffa une exclamation de surprise en reconnaissant le garçon qu'il avait cru voir au milieu de son équipe, la veille !

– Vous ne vous trompez pas, professeur Devinteuil. Je me suis permis de vous rendre hier une brève visite de courtoisie afin d'assister à votre remarquable expérience.

– C'est impossible ! Le laboratoire est sécurisé, la zone où il a été construit contrôlée par l'armée et il faut subir des procédures d'authentification rigoureuses, tant électroniques qu'humaines, pour y accéder.

– Pourtant, j'étais là ! Oserez-vous le nier ?

Devinteuil regarda nerveusement autour de lui. Personne ne paraissait s'intéresser à leur conversation. Il revint vers son interlocuteur et réfléchit. Ce garçon appartenait-il à un service de renseignements ? Une douzaine d'États auraient payé très cher pour connaître le contenu de ses travaux. Se pouvait-il qu'un de ses collaborateurs l'ait trahi ? Mais lequel ? Li-Lan, qui lui avait fixé ce rendez-vous manqué ?

L'inconnu secoua la tête.

– Votre imagination est vive, professeur, mais vous n'y êtes pas. Personne n'a trahi le secret de vos recherches et je n'appartiens à aucune agence gouvernementale, française ou étrangère.

– Vous voulez me faire croire que vous lisez mes pensées ? s'impatienta Devinteuil.

– Cela et bien d'autres choses ! répliqua l'inconnu, imperturbable.

Une fois de plus, Devinteuil résista à la tentation de se lever et de disparaître. Contenant son impatience, il demanda :

– Qui êtes-vous ?

– Appelez-moi Azael. Pour être bref, je vous ressemble plus que vous ne le croyez ; j'ai la passion de chercher et de trouver !

– N'est-ce pas un brin présomptueux ?

Saisissant son verre, le physicien y trempa ses lèvres puis, curieux d'en savoir davantage, attendit.

– Aucunement, déclara le jeune homme, vous vous en rendrez compte assez tôt. Reconnaissez au moins que m'introduire dans votre centre de recherches et en sortir sans que quiconque me remarque est un tour de force digne d'intérêt.

Il s'interrompit, le temps de laisser son interlocuteur méditer ses propos, puis assura :

– Je peux vous aider.

– En quoi Arsène Lupin le pourrait-il ? interrogea Devinteuil avec hauteur.

Ignorant son ton méprisant, Azael répondit :

– Je sais qu'une infinité de mondes coexistent dans le même espace quantique. Je sais également que vous avez trouvé le moyen de forer un trou de ver afin de passer de notre univers à un autre. Je sais enfin qu'il vous manque le logiciel qui vous permettra de scanner le multivers afin de trouver des mondes compatibles avec le nôtre.

Devinteuil avait blêmi en l'écoutant. Il jeta un regard fiévreux autour de lui pour vérifier que personne n'avait surpris les paroles du garçon et manqua s'étouffer de surprise. La musique s'était tue. Les consommateurs comme le personnel s'étaient figés, pareils à des statues de cire.

– Que se passe-t-il ? balbutia-t-il. Quelle est cette mise en scène ?

– Ce n'est pas une mise en scène, repartit Azael. Nous avons besoin de temps. Je me suis donc contenté d'arrêter momentanément son cours pour nous donner l'occasion de converser en toute quiétude.

– Arrêter le cours du temps ? répéta Devinteuil. Vous me prenez pour un imbé…

– Encore une fois, vous préférez nier l'évidence ! l'interrompit Azael. Vous avez l'ambition d'ouvrir des portes entre les mondes, n'est-ce pas ?

Le physicien hocha la tête, le regard perdu. Depuis quelques minutes, il avait l'impression d'être prisonnier d'un cauchemar. Il observa les clients. Même des acteurs ou des mimes n'auraient pu s'immobiliser avec une telle perfection.

La serveuse se tenait en équilibre instable sur la pointe du pied droit, son plateau chargé de chopes de bière et pourtant, elle ne bougeait pas d'un millimètre, engluée dans un fragment d'instant. Le barman avait été saisi tandis qu'il remplissait un verre et le liquide qui coulait du goulot s'était pétrifié. Sentant monter une bouffée d'angoisse, Devinteuil avala une gorgée de cognac sans en percevoir la saveur et releva la tête.

Azael sourit et répéta :

– Je peux vous aider.

– Comment ?

Le jeune homme sortit de sa poche plusieurs feuillets. Il les déplia et les posa sur la table. Devinteuil constata qu'ils étaient couverts de formules mathématiques. Cédant à la curiosité, il s'en empara et commença à les déchiffrer. Quand il parvint au bas de la première page, il poussa une exclamation et fixa le jeune garçon avec stupéfaction.

– Qui a écrit ceci ?

– Mais moi, voyons ! En doutez-vous ?

Les mains tremblantes, Devinteuil se replongea dans sa lecture. Il s'agissait d'algorithmes d'une puissance exceptionnelle, rédigés avec une élégance et une économie de moyens prodigieuses. À l'aide de ces formules, il serait possible de concevoir le logiciel dont il avait besoin pour dresser l'inventaire des mondes accessibles aux humains.

Ce garçon était un génie !

– Plutôt un bon petit diable, répondit Azael en écho à ses pensées.

Sa voix était douce, enjôleuse, rassurante. Devinteuil se sentait disposé à accepter l'invraisemblable ; il avait basculé dans un état d'excitation qu'il ne contrôlait plus. Seule importait la réussite de son projet et l'aide de ce garçon tombé de nulle part était inespérée.

– Ces algorithmes sont stupéfiants, concéda-t-il, mais nous ne disposons pas de la capacité de calcul permettant de les mettre en œuvre. Il faudrait une centaine de super ordinateurs en réseau pour y parvenir.

– Ne vous inquiétez pas pour cela. Vous disposerez de toute la puissance de calcul nécessaire, je m'en porte garant.

– Ce sera légal ? interrogea Devinteuil sur un ton soupçonneux.

Les lèvres d'Azael s'étirèrent.

– Légal ? Pas vraiment, mais absolument indétectable.

Le physicien fronça les sourcils. Tout ce que proférait ce garçon était à la limite de l'acceptable, et pourtant il avait la conviction qu'il ferait ce qu'il disait.

– Qu'attendez-vous en échange de l'aide que vous m'apporterez ?

Une étincelle s'alluma dans les yeux du jeune homme.

– Oh, trois fois rien. L'assurance pour un de mes amis et moi d'être vos premiers cobayes.

– Vous voulez dire que vous souhaitez explorer un monde parallèle en franchissant le tore ?

– Exactement ! Nous y entrons et nous en revenons. Ensuite, vous n'entendrez plus parler de moi.

Devinteuil soutint son regard. Il devinait qu'il était sur le point de commettre une erreur et pourtant il ne voulait pas reculer. Ce à quoi il avait consacré sa vie lui semblait à portée de main grâce à cet inconnu au regard diabolique. Sa gorge était serrée quand il murmura, conscient des termes qu'il employait :

– Est-ce le pacte que vous me proposez ?

Azael éclata de rire.

– Le terme est un peu vieilli. Parlons plutôt de deal !

Tendant ses doigts au vieil homme, il ajouta :

– Il est entendu que nous nous engageons l'un envers l'autre de manière totale et définitive. Tout manquement à notre parole entraînerait des conséquences très... (il ferma à demi les paupières) désagréables pour qui ne la respecterait pas.

Devinteuil pressa la main du jeune homme et frissonna à son contact sec et froid.

– Quand nous reverrons-nous ?

Azael lui remit une carte.

– Demain sera parfait. J'ai hâte de me mettre au travail !

Le physicien étudia le rectangle de bristol. Il ne comportait qu'un numéro de téléphone portable. Quand il releva les yeux, Azael avait disparu. Un bourdonnement emplit ses oreilles et la plainte du saxophone s'éleva de nouveau tandis que le murmure des conversations reprenait. La serveuse posa quatre chopes mousseuses devant des consommateurs en costume gris.

« Suis-je capable de vendre mon âme pour l'accomplissement de mes rêves ? » se demanda Devinteuil en contemplant son verre vide.

Une voix au fond de lui souffla qu'il n'hésiterait pas une seconde.

Quel que soit le prix à payer.

LA PLUS QU'HUMAINE

Quentin sentit la main d'Anne agripper sa cheville. En dépit de ses efforts, elle l'avait rattrapé. Il tenta de se dégager mais sa prise était si vigoureuse qu'il renonça et fit surface en crachant un long jet d'eau.

– Tu nages trop vite et trop bien pour moi ! s'exclama-t-il lorsqu'elle eut émergé à son tour.

La jeune fille secoua la tête, projetant autour d'elle une gerbe de gouttelettes. Anne était superbe et, sur sa peau bronzée, la chauve-souris tatouée avait noirci un peu plus encore. Chaque jour, elle allait mieux et si le chagrin provoqué par la mort de Simon ne s'était pas atténué, au moins lui avait-elle avoué ce matin qu'il était supportable. Elle lui adressa un clin d'œil et s'éloigna vers le milieu de la rivière à brasses puissantes.

Elle se déplaçait à une vitesse qu'aurait enviée une championne olympique. S'en rendait-elle compte ? Quentin n'en avait pas l'impression. Sa fabuleuse force physique ne paraissait pas l'étonner et elle ne faisait aucun effort pour la dissimuler.

Profitant du courant, il se laissa dériver jusqu'à la berge puis rejoignit Rakshasa qui bronzait dans un minuscule maillot deux pièces. Ogier se tenait à l'écart. Il avait confié à ses compagnons ne pas savoir nager et être peu désireux d'exposer sa peau aux rayons du soleil. Installé à l'ombre d'un grand aulne, il contemplait en silence le long ruban vert frangé d'arbres et de buissons.

Quant à Violaine… Elle persistait à l'éviter et avait décliné son invitation quand il lui avait proposé de les rejoindre au bord de la rivière.

– Fatigué ? lui demanda Rakshasa.

La jeune fille se redressa et ses longs muscles se dessinèrent sous son épiderme doré. Elle était consciente du regard de Quentin posé sur ses courbes et semblait y prendre plaisir.

– Non, répondit ce dernier, simplement envie de ne rien faire.

– Avoue plutôt qu'Anne t'a humilié ! Je ne pensais pas qu'on pouvait nager si vite.

– Moi non plus, reconnut Quentin. Azael en a fait une plus qu'humaine. À chaque jour qui passe, elle devient plus forte, plus incontrôlable.

Il observa son amie qui crawlait avec une régularité de métronome. Elle plongea soudain. Quelques secondes s'écoulèrent puis son corps brillant jaillit une trentaine de mètres plus loin et parut s'immobiliser dans les airs. Elle donna un formidable coup de reins et disparut dans les profondeurs de la rivière.

– Heureusement qu'on a choisi un endroit discret, commenta Rakshasa. Si un promeneur la voyait faire son numéro, il ameuterait la région entière. N'empêche, cette petite a de l'énergie à revendre. C'est une bonne chose qu'elle ait trahi Azael, elle nous aurait causé de sérieux tracas.

En entendant le nom du démon, Ogier leur jeta un regard pénétrant. Il était peu disert et se montrait souvent décontenancé par le monde dans lequel il évoluait depuis sa sortie des souterrains de Gizay. À dire vrai, une profonde mélancolie l'habitait, dictée par le souvenir de ses jeunes années. N'eut-ce été le devoir qui lui commandait de se battre aux côtés de ses compagnons jusqu'à ce qu'Azael soit défait, il serait retourné s'isoler, oublieux des hommes et d'un progrès qu'il ne goûtait guère, dans les profondeurs du château qui l'avaient abrité six siècles durant.

– Le silence de notre adversaire vous inquiète ? interrogea-t-il.

Quentin lança un caillou dans l'eau et contempla les ondes qui se dessinèrent sur la surface.

– Oui, avoua-t-il. Je m'attendais à ce qu'il essaie par tous les moyens de nous reprendre les pieds de Baalzébuth mais il ne s'est pas manifesté, comme s'il avait d'autres projets.

Le sorcier avait accompagné ces mots d'une grimace qui suscita l'étonnement de Rakshasa.

– Tu as une idée de ce qu'il pourrait tenter ?

– Bien sûr, retrouver les mains ! Yaqub Ibn Ruchd ne les a pas détruites, il les a déplacées.

– Mais comment Azael le pourrait-il ? demanda Rakshasa. Personne ne sait dans quel monde Yaqub les a envoyées.

Le visage de Quentin s'assombrit.

– Un démon a le pouvoir d'invoquer les esprits. Il peut l'avoir interrogé.

– Et mon maître ne lui aura rien dit ! s'exclama Ogier. J'ai passé de longues années en compagnie de Yaqub, je sais ce qu'il vaut !

La voix du Templier n'exprimait aucun doute. Quentin se tut, sachant qu'en dépit des affirmations du vieil homme, Azael avait les moyens et la malice nécessaires pour arracher à un sorcier mort tout ce qu'il désirait savoir.

– Tu as parlé de tes suppositions à Violaine ? s'enquit Rakshasa.

Quentin secoua la tête avec un air chagrin.

– Non, elle m'évite. Depuis que nous avons caché les pieds dans les collines et que nous les avons protégés d'un sort de dissimulation, je n'ai pas eu l'occasion de lui adresser la parole.

Il se tourna en direction d'Anne qui revenait vers eux à longues brasses coulées. Lorsqu'elle se releva, ruisselante, la peau perlée de gouttelettes, Quentin fut ébloui par la puissance qui émanait de son corps extraordinairement musclé. Elle lui adressa un sourire et ses dents étincelèrent, blanches, si aiguës qu'il frissonna à leur vue.

L'incroyable processus de transformation allait-il se stabiliser ou, comme Simon, Anne gagnerait-elle en vigueur et en sauvagerie ? Cette perspective l'horrifiait et il fit un effort pour la repousser.

– Tu penses que Violaine n'a pas accepté qu'Anne et toi, vous…

– Que veux-tu que ce soit d'autre ?

Mal à l'aise, Quentin fouilla dans son sac et en sortit son portable.

– Dix-huit heures vingt. J'appelle maman pour lui demander de venir nous chercher.

– Tu penses qu'elle a passé son après-midi devant la pierre ?

Il y avait beaucoup de douceur et de compréhension dans la voix de Rakshasa.

– Oui. Elle est persuadée, et je la crois, que Nicolas a besoin de sa présence. Elle lui parle et j'ai la certitude qu'il l'entend.

Quentin composa le numéro de Jeanne qui ne répondit pas. Tandis qu'il laissait un message sur sa boîte vocale, une étrange sensation le saisit, un étourdissement suivi d'un flash durant lequel il vit une créature diaphane semblable à une étoile de mer étendre ses longs flagelles vers lui.

∞ *Viens !* entendit-il. *Nous avons besoin de te parler.*

Un bip lancinant résonna dans ses oreilles et la communication s'interrompit. Il se tourna vers ses compagnons. Son visage exprimait une vive curiosité.

– Un noûss vient d'entrer en communication avec moi !

– Vous pensez que cela concerne Azael ? s'étonna Ogier.

– Je l'ignore. Dès que nous serons rentrés rue des Bas-Fossés, je rejoindrai le cyberespace.

– Peut-être devrais-tu prendre le temps d'en toucher un mot à Violaine d'abord, suggéra Rakshasa. Il est urgent que vous vous réconciliiez.

Quentin acquiesça.

– Tu as raison. Azael se hâterait d'exploiter la moindre de nos faiblesses. Nous ne devons lui laisser aucune prise.

– C'est exactement ce à quoi je songeais, répondit Rakshasa en offrant son visage à la caresse du soleil.

UN PUR GÉNIE

Abandonnant les calculs qui la préoccupaient depuis le début de la matinée, Li-Lan Nguyen s'interrompit pour grignoter une barre de céréales. La mise au point du tore permettant le passage d'un être humain dans le multivers posait plus de problèmes qu'elle ne l'aurait imaginé et la synchronisation des quarante inducteurs de champ Einstein-Rosen s'avérait une opération infiniment délicate.

Du coin de l'œil, elle observa leur nouvelle recrue. Comme insensible à la fatigue, Nicolas Barbey n'avait pas levé les yeux de l'écran depuis plus de six heures et ses mains continuaient à pianoter sur le clavier à une vitesse époustouflante.

Le professeur Devinteuil l'avait présenté à ses collaborateurs deux jours plus tôt.

En dépit de son jeune âge, ses titres universitaires étaient impressionnants, sa maîtrise des langages de programmation hors du commun et sa puissance de travail surhumaine.

Le plus étonnant était que son recrutement se soit opéré si rapidement, sans qu'une commission de validation se prononce. Quand elle pensait à toute la paperasserie classée secret défense qu'il lui avait fallu remplir, l'enquête dont elle avait été l'objet et la cascade d'entretiens qu'elle avait subis avant d'intégrer le laboratoire de Devinteuil, elle en avait encore le tournis.

À peine arrivé, Nicolas avait pris possession des ordinateurs et s'était mis à la tâche, sans même s'arrêter pour boire ou manger. Il avait d'abord revu la sécurité du réseau Intranet[1] puis celle des accès Internet avant de les protéger au moyen d'un système pare-feu qu'il avait conçu et qui avait laissé les ingénieurs du laboratoire pantois.

Ensuite, d'après ce que Devinteuil avait bien voulu lui apprendre, Nicolas avait mis au point un logiciel furtif permettant la mise en réseau de centaines de milliers d'ordinateurs connectés à Internet, de manière à disposer d'une puissance de calcul phénoménale.

– Cette opération est-elle légale ? s'était-elle inquiétée. Pour utiliser ces ordinateurs, il faut que votre protégé commence par neutraliser leurs systèmes de sécurité et je doute qu'il ait obtenu le consentement de leurs propriétaires. Son logiciel furtif ressemble beaucoup à ce qu'on appelle un cheval de Troie. C'est du piratage ou je ne m'y connais pas !

Devinteuil, troublé, avait toussoté et il était devenu si pâle qu'elle en avait presque regretté sa question.

1. Un Intranet est un ensemble de services Internet internes à un réseau local, c'est-à-dire accessible uniquement à partir des postes d'un réseau local ou bien d'un ensemble de réseaux définis et théoriquement inaccessibles de l'extérieur.

– Il ne s'agit pas de piratage au sens strict, avait-il tenté d'argumenter, mais l'expression de son visage démentait la conviction qu'il avait mise dans ses propos. Nous ne prélèverons aucune information personnelle dans les ordinateurs que, grâce au logiciel de Nicolas, nous utiliserons. Considérons qu'il s'agit d'une mesure provisoire en attendant d'investir dans de nouvelles machines plus performantes. Le temps nous est compté et nos bailleurs de fonds seront satisfaits si nous obtenons des résultats probants dans les plus brefs délais. Je reconnais que les méthodes de Nicolas sont peu orthodoxes mais elles nous feront gagner un an !

– Avez-vous envisagé les conséquences si sa combine est découverte ?

– C'est un génie ! avait répliqué Devinteuil. Il m'a assuré qu'aucun informaticien n'était en mesure de détecter ses logiciels car il utilise des protocoles très en avance sur ce qui se pratique actuellement.

Un soupir exaspéré avait échappé à Li-Lan.

– Protocoles en avance ou pas, votre Nicolas nous met hors la loi ! À propos, pourquoi ce petit génie ne travaille-t-il pas pour une entreprise privée ? Compte tenu de ses talents, il deviendrait milliardaire en quelques mois. Est-il indiscret de vous demander comment vous l'avez connu ?

Devinteuil était sans aucun doute l'un des plus grands physiciens au monde, mais ce n'était sûrement pas un professionnel de la dissimulation.

Li-Lan ne l'avait pas cru une seconde quand il avait répondu :

– Nicolas est le fils d'amis proches. Je le connais depuis sa prime enfance. Il m'a proposé de travailler dans mon équipe et j'ai accepté, sachant ce dont il est capable.

– C'est bon ?

Li-Lan sursauta et regarda Nicolas avec ahurissement. Perdue dans ses pensées, elle ne s'était pas rendu compte que le jeune homme l'observait. Il tendit l'index vers la barre de céréales qu'elle tenait entre ses doigts et répéta :

– C'est bon ?

Sa voix était douce, agréable, et son sourire particulièrement charmeur.

– Très. Vous en voulez une ?

– Vous êtes gentille.

Il quitta son bureau et prit la friandise qu'elle lui offrait.

– Vous vous en sortez ? demanda Nicolas en désignant les formules mathématiques qui couraient sur la feuille posée devant Li-Lan.

– Encore un jour de travail et le tore sera opérationnel. Nous pourrons forer un trou de ver de la taille d'un humain, voire d'un véhicule de petite taille.

Elle désigna les techniciens au travail derrière la vitre qui courait le long du mur. Ils avaient assemblé un anneau métallique de deux mètres de circonférence et l'avaient dressé sur un support mobile.

– Les ingénieurs ont quasiment terminé l'installation du matériel et connecté les inducteurs de champ supplémentaires entre eux. Il ne reste qu'à river le tore dans la salle de départ et à synchroniser le tout. Et vous, où en êtes-vous ?

Un sourire satisfait s'afficha sur les lèvres du garçon.

– Le programme que j'ai mis au point permettra d'inventorier un maximum de mondes en un minimum de temps. J'ai établi une liste de critères afin de sélectionner les univers compatibles avec le nôtre : présence de carbone, d'oxygène et d'eau. Atmosphère, chaleur, pesanteur, signe de vie, etc. Il ne restera qu'à choisir celui que nous désirerons explorer.

Li-Lan fronça les sourcils en entendant ce « nous ». Nicolas ne manquait pas d'orgueil et outrepassait ses prérogatives. Jusqu'à preuve du contraire, seul Devinteuil conduisait le projet ; ce serait lui qui déciderait quel monde visiter.

Comme s'il avait deviné ses pensées, Nicolas éclata de rire.

– Vous me trouvez impudent, je me trompe ?

À cet instant, une mouche vint bourdonner autour de la tête de la jeune femme. Elle ébaucha un geste maladroit pour l'écarter, se demandant comment un insecte avait pu s'introduire dans un laboratoire souterrain que plusieurs sas protégeaient de l'extérieur. Nicolas saisit l'insecte entre le pouce et l'index et l'écrasa. Li-Lan frémit de dégoût en entendant le minuscule corset craquer sous les doigts du garçon.

« Comment peut-il bouger si vite et si précisément ? » songea-t-elle interloquée.

– Rassurez-vous, ajouta-t-il en s'essuyant les mains avec un mouchoir en papier, à peine ma mission accomplie, je disparaîtrai de ce laboratoire et je vous laisserai mener vos recherches. D'autres tâches m'attendent, plus difficiles et plus exaltantes que celles que je mène ici.

Surprise, la physicienne hésita à lui demander ce qu'il pouvait y avoir de plus exaltant que de révolutionner le rapport des hommes à l'univers. Sans user de vaisseaux stellaires, ils auraient accès à une infinité de mondes et en tireraient des bénéfices inimaginables.

– L'âge d'or se profile pour l'humanité et vous ne semblez pas en être conscient, murmura-t-elle.

– Oh si ! répliqua-t-il sur un ton ironique. L'âge d'or approche à plus grands pas que vous ne l'imaginez mais je doute qu'il s'agisse de celui que vous appelez de vos vœux !

QUERELLE

Jeanne s'engagea rue des Bas-Fossés et freina devant la grille. Quentin descendit pour l'ouvrir puis il lança à ses compagnons :

– Je fais un saut chez Violaine et je reviens.

Anne quitta la voiture à son tour. Elle portait une robe en coton clair que Jeanne lui avait prêtée et ses cheveux humides, rejetés en arrière, soulignaient la finesse de ses traits. Quentin fut ému par la grâce qui se dégageait de son visage. Une grâce doublée d'une énergie dévorante qui se lisait dans chacun de ses gestes.

– Attends-moi, je viens avec toi !

– Je... je ne pense pas que ce soit une bonne idée, commença-t-il, tandis que Jeanne se garait dans la cour.

– Pourquoi cela ? Je gêne ?

La voix d'Anne s'était doublée d'inflexions métalliques. Quentin, désarçonné, la saisit par le bras et l'entraîna dans la rue déserte, peu désireux que sa mère, Rakshasa et Ogier assistent à leurs chamailleries.

Le soleil brillait haut dans le ciel et les pavés dégageaient une chaleur insoutenable. Il chercha l'ombre que projetait le pignon d'une maison.

– Non, ce n'est pas cela.

– Alors c'est quoi ?

De nouveau cette sécheresse de ton qui troublait Quentin. Il passa une main embarrassée dans ses cheveux.

– Tu n'as pas remarqué que Violaine me fuit ?

Les yeux d'Anne se plissèrent.

– En quoi est-ce que ça me concerne ? Je suis ton amie, je t'accompagne ! Elle est jalouse ou quoi ? Tu ne trouves pas que c'est ridicule, vu son âge ?

Dans le sourire qui dansait sur ses lèvres, Quentin lut une ironie qui lui déplut.

– Violaine lutte contre ses démons, elle aussi, répondit-il. N'oublie ni qui je suis ni de qui j'ai hérité mes pouvoirs. Les souvenirs que je conserve de la vie et des sentiments de Jacques Guernière sont ceux d'un autre. Pour Violaine, c'est différent. Elle doit vivre avec et les assumer !

Un haussement d'épaules dédaigneux accueillit ses paroles et il en éprouva une vive déception. Anne le navrait quand elle manquait à ce point de nuances mais le lui dire ne ferait qu'empirer la situation.

– Eh bien moi, je te rappelle que tu es Quentin Daurevilly et pas le vieux birbe qu'elle a connu au Moyen Âge ! Cette histoire est terminée depuis longtemps.

– Crois-tu qu'on oublie ceux qu'on a aimés d'un claquement de doigts ? As-tu déjà tiré un trait sur Simon ?

À peine Quentin eut-il prononcé ces paroles qu'il les regretta. Les yeux d'Anne s'emplirent de larmes. Elle fit volte-face et s'éloigna en courant avant de se transformer en chauve-souris et de s'envoler. Déconfit, il suivit le petit point mouvant qui monta haut dans le ciel et disparut de son champ de vision. Lorsque ses accès de colère la ravageaient, Anne, perdant son sens de la mesure, oubliait toute réserve. Par chance, la rue était déserte et personne ne l'avait vue.

Tête basse, Quentin remonta la rue jusqu'à la maison de Violaine. Certes, il s'était comporté avec maladresse mais la violence de son amie, son étroitesse de vue, l'avaient désarmé.

Quand il frappa à sa porte, il pensait, fataliste, que Violaine ne répondrait pas. Contre toute attente, elle lui ouvrit.

– Tu sembles préoccupé, constata-t-elle. Il y a un problème ?

– Je viens de me fâcher avec Anne.

La sorcière s'effaça pour le laisser entrer et déclara froidement :

– Je pensais que tu venais m'annoncer une nouvelle importante, pas m'entretenir de tes peines de cœur.

Un soupir de lassitude échappa à Quentin. Pourquoi cette tension constante entre eux alors que pour la première fois, ils avaient réussi à mettre Azael en échec ?

– Tu entres ou tu restes sur le pas de la porte ? demanda-t-elle en le fixant avec froideur.

Il gagna le salon et prit place dans le canapé. La sorcière s'assit en face de lui sans mot dire et, contrairement à ses habitudes, ne lui proposa pas de partager un thé.

– Aucune nouvelle d'Azael ? commença-t-il.

– Aucune. Mais je doute qu'il nous ait oubliés. Et toi ?

– J'ai reçu un appel des noûss. Je ne sais pas si c'est en rapport avec lui mais je vais leur rendre visite. J'avais envie que tu le saches.

– C'est très aimable à toi, répondit-elle sur un ton pincé.

Un silence pesant s'installa. Quentin sentit son ventre se nouer. Qu'il lui semblait loin le temps où Violaine lui avait remis son bâton, le temps où elle veillait sur lui avec une rassurante bienveillance ! Il se sentait étranger dans ce lieu qui lui était encore si chaleureux deux semaines plus tôt.

– Violaine, je ne comprends pas ce qui arrive, dit-il enfin. Nous ne parvenons plus à nous parler. Tu m'évites. Si je n'étais pas passé, je doute que tu m'aies donné de tes nouvelles.

La vieille femme resta impassible mais sa main droite se contracta à plusieurs reprises. Sa voix était calme quand elle déclara :

– J'ai besoin de me reposer. Les dernières semaines ont été épuisantes et un peu de solitude m'est nécessaire. Et puis Anne se montre très prévenante à ton égard. Je doute que ma compagnie te manque vraiment.

– Ça n'a aucun rapport, tenta-t-il d'expliquer, et je me retrouve dans une situation absurde. Est-ce que je dois renoncer à ton amitié pour la seule raison qu'Anne est devenue ma…

Comme il ne parvenait pas à prononcer le mot qui venait sur ses lèvres, Violaine se rembrunit et Quentin perçut son irritation.

– Ta petite amie ? C'était à prévoir depuis le début, non ? Je me souviens très bien de votre première rencontre à Tiffauges.

– J'ai l'impression que tout part de travers, murmura-t-il avec tristesse. On devrait être unis et confiants et c'est tout le contraire.

Violaine le contempla, désorientée. Quentin était sincère. Son ami, si maître de lui les jours précédents, était affecté par des problèmes dont il ne possédait pas la clé.

– Que se passe-t-il avec Anne ? demanda-t-elle sur un ton plus conciliant.

– Elle a pris la mouche quand je lui ai annoncé que je voulais te parler seul à seul.

– Ne me dis pas qu'elle est jalouse ! ironisa Violaine. Ce qui, quand on connaît son caractère, ne me surprendrait guère.

Quentin ne releva pas. Le ton mi-railleur, mi-agressif de Violaine n'appelait aucun commentaire.

– Je vais me rendre dans le cyberespace, biaisa-t-il, je n'ai que trop tardé. À mon retour, j'espère que nous parviendrons à surmonter nos différends. Nous devons nous préparer à reprendre le combat contre Azael.

Il chercha les yeux de Violaine :

– Tu crois qu'il est assez fort pour nous dresser les uns contre les autres ?

Du pouce, celle-ci massa pensivement la paume de sa main droite.

– C'est hélas une hypothèse à envisager. Avec lui, tout est possible.

RÉACTION EN CHAÎNE

Reidar Hebnes travaillait seul au laboratoire de recherches du département informatique. Ainsi personne ne pouvait le distraire et il devenait redoutablement efficace.

Étudiant en troisième cycle à Oslo, Reidar était un jeune et brillant chercheur. Le plus brillant de Norvège, peut-être. Sa spécialité concernait les virus informatiques et les moyens de s'en protéger. Tous s'accordaient à reconnaître que, dans ce domaine précis, il excellait.

Depuis plusieurs jours, il avait constaté une activité inhabituelle sur les ordinateurs de la faculté. Une activité que personne n'avait remarquée à part lui. On les utilisait pour opérer des calculs dont il n'avait pour l'instant aucune idée. Le hacker qui avait élaboré le virus capable de les pirater était de première force et ce serait un vrai plaisir de le mettre en échec grâce au programme qu'il avait passé la nuit à écrire.

La veille, il avait repéré une particularité du logiciel furtif. Une infime répétition dans son code qui était sa signature immuable, quel que soit l'aspect qu'il adopte. Et Dieu sait si ce virus était capable de mutations ! Il se déclinait sous la forme de chevaux de Troie[1] et de vers[2], ce qui était exceptionnel. Le programme qu'il achevait de concevoir devrait permettre de le reconnaître à coup sûr. Et de le détruire !

Reidar enregistra son travail puis lança son dispositif de nettoyage. Dans les secondes qui suivirent, celui-ci identifia et mit en quarantaine l'ensemble des virus qui infectaient son ordinateur.

– Ça marche ! exulta-t-il. On va passer à la vitesse supérieure.

Il se connecta au réseau de l'université et lança de nouveau son antivirus. Il attendit une demi-heure, le temps que son logiciel ait éradiqué l'ensemble des programmes malveillants, et poussa un cri de victoire.

Il était sur le point d'appeler son directeur de thèse quand une voix retentit :

– Vos efforts sont louables, cependant je crains qu'ils doivent rester confidentiels !

À deux mètres de lui, se tenait un garçon de seize ou dix-sept ans. Une longue mèche brune dissimulait à demi ses yeux. Il avait parlé dans un norvégien châtié mais, sans qu'il puisse dire pourquoi, Reidar fut persuadé que c'était un étranger.

– Que faites-vous ici ? demanda le chercheur un brin agacé.

Il referma son téléphone cellulaire et observa l'importun qui venait de gâcher sa joie. Ce devait être un étudiant en première année qui s'était introduit dans les locaux par bravade.

1. Programme se présentant comme utile mais pouvant mettre en œuvre des actions particulières au sein d'un système informatique.
2. Virus capable de se dupliquer et de se propager à travers les réseaux informatiques.

– Voilà une question qui devient lassante ! répondit l'inconnu avec froideur. Je suis ici parce que j'ai à y faire. Et je déteste qu'on interfère dans mes projets. Ce que vous avez fait, mon jeune ami !

Il pointa l'index vers l'ordinateur de Reidar. L'écran s'emplit de taches noires et virevoltantes semblables à un essaim de mouches. Simultanément, tous les écrans de la pièce s'éteignirent. Reidar, affolé, se précipita sur son ordinateur. Il manipula la souris, tenta d'utiliser le clavier. L'interface avait disparu et le disque dur paraissait avoir été formaté. C'était évidemment absurde ! Il passa au poste suivant sans plus de résultat.

– Il ne s'agit pas de jouer les oiseaux de malheur, déclara le jeune homme brun, mais il apparaît que le logiciel sur lequel vous travailliez a provoqué une regrettable réaction en chaîne sur l'ensemble du réseau de l'université, serveurs compris. Je ne voudrais pas être à votre place quand il vous faudra justifier l'origine de cet incident à vos supérieurs.

Sur ces mots, l'adolescent disparut.

Reidar se laissa tomber sur sa chaise, cherchant à reprendre ses esprits. Se pouvait-il qu'il ait été victime d'hallucinations ? Il se tourna vers l'ordinateur le plus proche et contempla l'écran vide.

Quelle que soit la raison qu'il invoque, on lui pardonnerait difficilement la perte des données stockées sur les disques durs de l'université.

Le brillant avenir que ses professeurs et ses camarades lui prédisaient était désormais compromis.

CERVEAU VIRTUEL

Jeanne et Ogier pelaient des pommes lorsque Quentin entra dans la cuisine.

– J'ai troqué mon épée contre ce jouet, déclara le Templier en montrant le couteau qu'il tenait dans son énorme main. Votre mère m'apprend les rudiments de la pâtisserie. Il faut croire que votre siècle a davantage besoin de maîtres queux que de preux chevaliers !

– Ce qu'il faudrait démontrer ! s'exclama Jeanne en éclatant de rire. Pour ma part, je n'en crois rien et je trouve que notre monde manque cruellement de paladins et de princes charmants ! Tu viens nous aider, Quentin ? Nous préparons une tarte pour le dîner.

Depuis le retour de son fils cadet, elle était plus calme, plus détendue et, si elle passait toujours de longues heures à veiller la pierre et à parler à Nicolas, elle trouvait le temps de se rendre disponible pour ses proches.

– Non maman, je suis désolé. Il faut que je réponde à l'appel des noûss. J'aurais dû le faire plus tôt mais il fallait absolument que je voie Violaine. Au fait…

Il demanda sur un ton qu'il s'efforça de rendre désinvolte :

– Anne est rentrée ?

– Je ne sais pas, répondit Jeanne. Je croyais que vous étiez ensemble chez Violaine.

Devant la mine déconfite de son fils, elle ajouta :

– Il y a un problème ?

– Non, non. Je suppose qu'elle est partie se balader.

Et sans attendre que Jeanne l'interroge plus avant, il tourna les talons et gagna sa chambre. L'ordinateur de Nicolas était posé sur le bureau. Quentin se connecta à Internet et se changea en un brouillard d'électrons qui s'engouffra dans le modem.

De nouveau, cette sensation indéfinissable.

Il baigne dans un océan aux contours flous et mouvants, sans cesse recomposés, traversé de courants invisibles. Sa conscience, affranchie du temps et de l'espace, s'étend, illimitée.

À chaque nouvelle incursion dans le cyberespace, il en perçoit la géographie avec plus d'acuité, plus de profondeur. S'il prenait le temps de sonder cette forme d'être, sans doute découvrirait-il une nouvelle manière de penser, d'exister. Il n'est qu'un esprit, privé de membres, certes, mais doué d'appendices virtuels infiniment subtils. Un effort de volonté et il se trouve ici, un autre, et il est ailleurs. Sans même se déplacer.

Nulle part et partout.

∞ *Tu as répondu à notre appel.*

Un noûss vient d'apparaître. Il agite nonchalamment ses flagelles. Leur lent mouvement exprime une profonde satisfaction.

∞ *Bien sûr. Pourquoi m'avoir demandé de vous retrouver ?*

La créature est traversée d'ondes lumineuses. Elle frémit comme si une brise légère la secouait. Cette fois, Quentin perçoit son inquiétude.

∞ *Nous avons remarqué que d'énormes transferts d'informations cryptées convergeaient vers un point précis de l'Internet. Ce sont les flux les plus puissants qu'il nous ait jamais été donné d'observer. Nous en avons cherché l'origine et avons constaté que de très nombreux ordinateurs, un peu partout dans votre monde, ont été mis en réseau de manière absolument indétectable.*

∞ *Comment est-ce possible ?* s'étonne Quentin.

∞ *Celui qui est à l'origine de ce tour de force a conçu un programme d'une intelligence inouïe. Il s'agit de ce que l'on nomme familièrement un cheval de Troie, un logiciel furtif qui s'installe sur les disques durs à la faveur d'un courriel.*

∞ *En temps normal, les pare-feu des ordinateurs les repèrent et les éliminent !* réplique Quentin.

Le noûss tourne lentement sur lui-même en émettant une pulsation régulière.

∞ *Encore faut-il qu'ils les identifient. Celui-ci est invisible pour les systèmes de défense actuels. Il est trop subtil, trop judicieusement conçu. Son programme lui permet de s'adapter à chaque configuration qu'il rencontre et d'infecter tous les systèmes d'exploitation. Un certain temps sera nécessaire aux équipes chargées de la protection des systèmes et des réseaux pour le détecter et, si elles y parviennent, pour l'éliminer.*

Le rythme des pulsations s'apaise. Le noûss irradie à présent et Quentin perçoit surprise et admiration chez la créature virtuelle.

∞ *Ce n'est pas tout ! Nous avons découvert qu'une fois la mise en réseau achevée, ce logiciel a constitué un super cerveau électronique. Ses capacités de calcul dépassent de très loin les performances de vos ordinateurs les plus évolués. À l'heure qu'il est, il continue à se multiplier de manière exponentielle, gagnant en puissance à chaque seconde. Et cette incroyable puissance lui sert à collecter des informations.*

L'image d'une nébuleuse se forme soudain dans l'esprit de Quentin. Une myriade de points lumineux scintillent, reliés par de longs filaments agités de frissons. Il y a quelque chose d'organique dans l'étrange entité que le noûss lui fait entrevoir, quelque chose d'infiniment puissant.

Son frère est un génie de l'informatique, songe-t-il avec appréhension. Son passe-temps favori était l'élaboration de virus sophistiqués et indétectables. Azael s'est approprié son corps mais aussi ses connaissances, ses talents, et il les a décuplés ! Est-il à l'origine du programme que les noûss ont découvert ?

∞ *Savez-vous par qui sont utilisées les informations que ce logiciel espion collecte ?* interroge Quentin.

∞ *Il nous a été difficile de le découvrir,* explique le noûss. *Nous nous sommes heurtés à un système de protection comme nous n'en avions jamais rencontré. Nous aurions pu le pénétrer mais l'opération aurait été difficile à dissimuler et tu sais que nous tenons à ce que les humains ignorent notre existence. Aussi avons-nous choisi d'être discrets et d'en contourner les défenses. Nous avons appris que les données sont traitées par un laboratoire de recherches financé par le gouvernement français. Nous sommes également parvenus à décrypter les messages reçus par l'ordinateur qui les centralise.*

∞ *Et quelles informations contiennent-ils ?*

Une fibrillation parcourt le noûss et Quentin devine sa perplexité.

∞ *Des informations surprenantes. Il s'agit d'un inventaire.*

∞ *Un inventaire ?*

∞ *Oui. L'inventaire de mondes inconnus, classés selon des critères précis. En l'occurrence, tous les facteurs qui permettraient à des humains d'y vivre.*

∞ *Des mondes inconnus ?* s'étonne Quentin. *Combien le cerveau virtuel en a-t-il identifié ?*

∞ *Plusieurs millions pour le moment. Nous supposons qu'un scanner inventorie ces mondes puis que le super ordinateur les catalogue.*

L'esprit de Quentin fonctionne à toute vitesse tandis qu'une sourde angoisse s'empare de lui.

∞ *Penses-tu qu'il pourrait s'agir de mondes parallèles auxquels les responsables de ce laboratoire auraient trouvé le moyen d'accéder ?*

∞ *C'est la conclusion à laquelle nous sommes parvenus,* répond le noûss. *De nombreux centres de recherches, en Asie, en Europe et aux États-Unis, travaillent sur la possibilité d'accéder à d'autres univers mais nous ne pensions pas que l'un d'entre eux était si avancé. Nous ne t'aurions pas contacté, si un détail n'avait attiré notre attention.*

∞ *Lequel ?*

∞ *Contrairement à ce que l'on pourrait attendre, le logiciel ne cherche pas au hasard des univers accessibles aux humains. Il est programmé pour identifier un monde précis comportant trois lunes de couleurs différentes. Une carte du ciel avec des constellations étrangères à ton univers lui sert de guide.*

Bien que privé de corps, Quentin en conserve la mémoire, une empreinte fantôme. Il lui semble sentir sa gorge se serrer et son front se couvrir de sueur. Azael ne désarme pas, il s'est mis en quête des mains que Yaqub Ibn Ruchd a cru éloigner à jamais !

∞ *Je n'ai plus aucun doute à présent. Celui qui a programmé le logiciel est l'ennemi que je traque. A-t-il trouvé ce qu'il cherche ?*

∞ *Oui, depuis quelques heures.*

De nouveaux frémissements parcourent le noûss et Quentin comprend que la créature est désorientée.

∞ *Peut-être aurions-nous dû faire disparaître l'information concernant ce monde avant qu'elle ne lui parvienne. Nous en sommes capables.*

∞ *Ça aurait effectivement été la meilleure solution,* regrette Quentin, *mais il est inutile d'y revenir. Je dois informer mes compagnons de ce que vous m'avez appris. Pouvez-vous identifier l'endroit où se trouve l'ordinateur central afin que nous nous y rendions ?*

∞ *Nous pouvons faire mieux : t'ouvrir un passage qui te permettra de pénétrer dans le laboratoire où il se trouve. Laisse-nous un peu de temps. Dès que nous aurons percé les défenses du pare-feu, nous te ferons signe. Conserve ton téléphone portable avec toi et garde confiance !*

« *Garde confiance ?* » songe Quentin en s'efforçant de maîtriser son inquiétude. Il croyait Azael vaincu et celui-ci a réagi avec une extraordinaire promptitude. Ses compagnons et lui auront-ils le temps d'agir avant qu'il ait quitté la Terre pour chercher les mains là où Yaqub les a envoyées ?

Au loin, une lueur verte clignote, lui signalant la porte par laquelle rejoindre le monde physique.

Et le combat qui s'annonce.

LE TORE

Le professeur Devinteuil revenait d'une réunion de travail au ministère quand une envie irraisonnée de rejoindre le laboratoire le saisit. C'était comme un insecte agaçant qui bourdonnait dans sa cervelle, ne lui accordant pas une seconde de répit. Obéissant à son impulsion, il prit la route alors qu'une heure plus tôt il ne rêvait que d'une soirée calme à lire et à savourer un vieil alcool.

Le centre de recherches se trouvait au nord-est de Paris mais n'était répertorié sur aucun document officiel. Pour les habitants de la commune, il s'agissait d'un champ de tir appartenant à l'armée, une vingtaine d'hectares de terrain en friche fermés au public et entourés d'une clôture électrifiée hérissée de miradors. L'ensemble du périmètre était surveillé par des caméras et des capteurs infrarouges reliés à un central de surveillance. De jour comme de nuit, des patrouilles armées accompagnées de chiens le quadrillaient.

Une fois les barrières de sécurité automatiques franchies au moyen d'une carte à puce, Devinteuil dut s'arrêter au check-point où l'identité des arrivants était contrôlée de visu. Seuls les titulaires d'un passe fourni par le ministère de la Défense étaient autorisés à pénétrer dans le bâtiment.

Quant aux laboratoires dissimulés en sous-sol, n'y accédaient qu'une poignée de scientifiques triés sur le volet, après avoir franchi deux sas équipés de systèmes de reconnaissance vocale et oculaire puis emprunté un ascenseur commandé par un code confidentiel renouvelé deux fois par semaine.

Personne n'était en mesure d'accéder à ces locaux ultra-sécurisés sans autorisation. « Personne hormis Azael », songea Devinteuil en tendant sa carte d'accréditation à un sergent en treillis.

– Vous ne vous reposez jamais, professeur ? interrogea le militaire en consultant sa montre.

Il était vingt-deux heures trente.

Depuis trois ans qu'il était affecté à la surveillance de ce centre de recherches classé « secret défense », il ne cessait de s'émerveiller de la résistance de ce bonhomme plus tout jeune, capable d'aligner des journées de travail de quinze ou seize heures et de revenir aux heures les plus improbables de la nuit pour reprendre un labeur à peine abandonné. Le physicien haussa les épaules.

– Bien sûr que si, mais quand une hypothèse me préoccupe, il faut que j'en vérifie la validité.

Devinteuil reprit la carte que le sergent lui rendit après l'avoir introduite dans un lecteur et demanda sur un ton dégagé :

– Est-ce que l'un ou l'autre de mes collaborateurs est encore sur place ?

Le militaire prit la peine de pianoter sur son clavier. Il observa le moniteur placé devant lui et secoua la tête.

– Non, professeur. Il n'y a plus personne dans les labos. Mademoiselle Nguyen est partie la dernière à vingt heures quinze.

La barrière se souleva et Devinteuil roula jusqu'au parking. Il salua les gardes qui patrouillaient devant l'entrée des bâtiments et franchit les sas de contrôle.

À l'intérieur, régnait un profond silence que soulignait le ronflement des climatiseurs. Longeant une enfilade de bureaux impersonnels, murs blancs et mobilier métallique gris, il gagna l'ascenseur et composa le code qui permettait de gagner le laboratoire.

Il traversa à grands pas un couloir de béton brut qu'éclairaient des néons blafards et s'arrêta devant son bureau. La porte était ouverte alors qu'il était certain de l'avoir bouclée. Surpris, il plongea sa main dans sa poche pour en chercher la clé et la trouva aussitôt.

– Bienvenue, professeur Devinteuil, nous vous attendions.

Azael était assis dans son fauteuil. Derrière lui, se tenait un homme enveloppé dans une longue cape grise. Son visage, épouvantablement maigre, était à demi dissimulé par le capuchon qu'il avait rabattu sur son front. Devinteuil eut un mouvement de recul quand il aperçut sa peau fripée et sa bouche sans lèvres, crispée en une grimace qui laissait ses dents jaunes à nu.

« Brûlures au troisième degré ! songea-t-il épouvanté. Cet homme a dû endurer des souffrances terribles. »

Il faillit leur demander comment ils étaient entrés puis se rendit compte du ridicule de sa question. Azael avait taillé en pièces sa faculté à poser les problèmes en termes rationnels. Il se contenta de dire :

– Je venais voir si les ingénieurs ont achevé de synchroniser les inducteurs de champ.

– Non seulement ils ont terminé, s'enthousiasma Azael, mais j'ai apporté la dernière touche à mon logiciel. Il est opérationnel ! Votre arrivée est providentielle.

Ces mots résonnèrent curieusement dans la conscience de Devinteuil. Pour la première fois, il se demanda si le désir de rejoindre son laboratoire ne lui avait pas été soufflé par Azael. Depuis qu'il l'avait rencontré, le hasard tenait peu de place dans sa vie.

– Providentielle ? répéta-t-il sur un ton peu convaincu.

– C'est le mot car vous allez nous aider à partir !

La surprise laissa Devinteuil coi. Il parvint cependant à se reprendre et déclara :

– Attendez encore un peu. Nous n'avons pas eu le loisir de tester le matériel. Il faut contrôler les câblages, vérifier les polarités, s'assurer que les...

– Je n'ai pas de temps à perdre ! l'interrompit Azael.

Renonçant à argumenter, le physicien secoua la tête et murmura :

– C'est de la folie.

Azael quitta le bureau et remonta le couloir suivi de son compagnon. Une odeur musquée monta aux narines de Devinteuil quand l'étrange personnage le frôla.

Il dissimula une grimace et leur emboîta le pas avec résignation jusqu'à la salle de contrôle. Elle n'était éclairée que par la lumière bleutée qui émanait des moniteurs. Sur l'écran central, le tore semblait gorgé d'énergie. Devinteuil, tendant l'oreille, perçut le léger bourdonnement qui provenait des haut-parleurs. Azael avait mis le dispositif sous tension !

Le jeune homme désigna un clavier.

– Tout ce que vous aurez à faire, c'est d'appuyer sur la touche qui lancera le processus et permettra aux inducteurs de forer l'espace-temps. Pour le reste, l'ordinateur central s'en chargera. Il est programmé pour nous envoyer là où nous le souhaitons.

– Et pour revenir, comment ferez-vous ? Vous n'aurez aucun moyen de communiquer avec moi et…

Azael empoigna le bras du physicien. Sans ménagement, il remonta sa manche et pressa son pouce sur son poignet. Aussitôt, Devinteuil éprouva une épouvantable sensation de brûlure. Le corps arqué par la souffrance, il tenta de se dégager mais le jeune homme le maintenait dans un étau d'acier. Quand enfin il consentit à le lâcher, le physicien constata qu'une marque rouge était imprimée sur sa peau, dessinant un huit horizontal et aplati.

– À présent, vous portez mon sceau. Le moment venu, je vous avertirai. Comme cela !

Un claquement de doigts et Devinteuil poussa un hurlement. L'empreinte sur son bras avait viré au violacé et un filet de fumée en monta tandis qu'une désagréable odeur de chair carbonisée se répandait dans la pièce.

Devinteuil roula à terre, terrassé par de nouvelles vagues de souffrance. Sur un geste d'Azael, elle s'atténua aussitôt.

– Vous aurez alors vingt-quatre heures pour nous rouvrir la porte. Si vous ne vous exécutez pas, votre corps entier s'embrasera.

Un instant, Devinteuil songea qu'il vaudrait mieux endurer ce martyre plutôt que de permettre à ce monstre de revenir. Azael le contemplait avec un sourire amusé.

– N'y songez pas, professeur ! Quoi que vous fassiez, je trouverai un moyen de regagner la Terre. Et soyez certain que je saurai me souvenir de ceux qui comptent pour vous !

Les visages de sa sœur et de ses neveux, de Li-Lan, de quelques-uns de ses amis les plus chers s'imprimèrent sur la rétine de Devinteuil avant de s'effacer.

– Et je n'oublie jamais personne ! conclut Azael avec un sourire cruel. Maintenant, je n'ai plus de temps à perdre en vaines palabres. Mon compagnon et moi allons gagner la salle du tore et vous nous expédierez vers la destination que j'ai choisie. Une fois l'opération achevée, le logiciel qui nous aura guidés se mettra en sommeil. Quand je vous ordonnerai de réactiver, faites-le. Un mot de passe vous sera demandé. Tapez « sonate ». Ensuite, ne vous préoccupez de rien, il est programmé pour synchroniser les inducteurs de champ et forer un second trou de ver à l'endroit exact du premier. Une fois revenus, nous disparaîtrons et la gloire d'avoir permis à l'humanité l'accès au multivers vous reviendra. À vous et à vous seul !

Il jaugea Devinteuil du regard et ajouta :

– Un dernier détail... Ne cherchez ni à pirater l'ordinateur ni à le détruire. Il est protégé par des procédés dont vous n'avez aucune idée et qui sont d'une efficacité redoutable. Quant au tore, il restera inopérant jusqu'à notre retour. Toute tentative pour l'utiliser se solderait par de sérieux désagréments. Songez-y avant de tenter quoi que ce soit.

Quelques secondes s'écoulèrent, lourdes de menaces. Azael jeta un regard à son compagnon :

– Arnaud, suis-moi, on nous attend ! À bientôt, professeur.

Devinteuil entendit le bruit de leurs pas décroître dans le couloir. Les deux hommes réapparurent sur l'écran et s'immobilisèrent devant le tore. Azael leva les yeux vers la caméra et ordonna :

– Ouvrez la porte !

Incapable de s'opposer à sa volonté, le physicien pressa la touche « Entrée ». Une vibration parcourut le sol et il perçut le bourdonnement des quarante inducteurs de champ fonctionnant à plein régime. L'air, au centre du tore, crépita et se nacra avant de devenir bleu azur.

Sans un regard en arrière, Azael et son compagnon enjambèrent l'anneau de métal et disparurent.

VEILLÉE D'ARMES

La chauve-souris se posa sur la branche faîtière d'un chêne et se tint quiète, les sens en éveil. De temps à autre, elle fermait ses yeux semblables à de minuscules agates puis les rouvrait pour observer le paysage. À un kilomètre au nord, perchée sur une éminence rocheuse, la cité médiévale de Comberoumale élevait dans la nuit ses murailles grises et trapues.

Soudain, le petit animal prit son envol, effectua quelques virevoltes au-dessus de l'arbre et piqua vers le sol où il se transforma en une jeune fille élancée aux cheveux bruns.

Anne resta un instant immobile, comme prisonnière d'un rêve, puis s'adossa au tronc et se laissa glisser au sol. Des larmes coulèrent sur ses joues qu'elle essuya d'un geste brusque avant d'asséner un coup de poing sur le tronc de l'arbre, arrachant un large lambeau d'écorce. Elle contempla sa main, surprise de constater qu'elle n'était pas écorchée alors que l'aubier, mis à nu, était profondément meurtri.

Depuis quelques jours, sa force avait décuplé. Elle pouvait voler beaucoup plus vite qu'auparavant et sa vision nocturne était devenue parfaite. La jeune fille effleura le tatouage qui ornait son épaule. La petite chauve-souris était sensible au toucher et boursouflée, comme un bas-relief sculpté sur sa peau. Sa couleur s'était également accentuée. Elle était désormais d'un noir profond.

De nouvelles larmes roulèrent sur ses joues. Plus abondantes. C'était étrange, presque intolérable de se sentir si vigoureuse et si fragile à la fois. Elle supportait avec difficulté de passer sans cesse de l'enthousiasme au désespoir. La mort de Simon l'avait anéantie et elle avait trouvé entre les bras de Quentin l'apaisement dont elle avait besoin.

Brièvement. Trop brièvement, hélas. Un rien suffisait à la faire sortir de ses gonds : un mot maladroit, un regard, parfois une simple présence.

À cela s'ajoutait l'animosité larvée que lui témoignait Violaine. Depuis l'épisode de Rennes-le-Château, la sorcière s'était cloîtrée chez elle et prétextait mille excuses pour éviter de partager les repas auxquels la mère de Quentin la conviait chaque jour. Bien sûr, Quentin lui avait expliqué quels liens profonds l'unissaient à Jacques Guernière. Son ami était l'héritier de ses pouvoirs. Il en était aussi le sosie et elle comprenait l'effet de cette ressemblance sur Violaine.

Était-ce par maladresse, par provocation ou poussée par une volonté délibérée de faire du mal qu'elle avait souhaité accompagner Quentin chez elle ?

D'où lui venait cette cruauté qu'elle ne se connaissait pas ?

Un frôlement contre sa jambe lui arracha un sursaut. Une chatte au pelage fauve se frottait contre sa cuisse en ronronnant. Étonnée, elle tendit la main pour caresser l'animal qui se laissa faire en fermant les yeux de plaisir. Quand elle les rouvrit, Anne poussa un cri de surprise. Le félin avait des pupilles d'or d'une extraordinaire profondeur. Des pupilles qu'elle connaissait pour les avoir déjà croisées.

– Rak!

La silhouette de l'animal se brouilla et, la seconde suivante, une jeune fille de son âge se tenait assise à sa droite.

– Tu m'espionnes? s'emporta Anne.

Un sourire papillonna sur les lèvres de Rakshasa.

– Si je voulais t'espionner, répondit-elle, tu ne te rendrais pas compte de ma présence, je sais être discrète. Non, je venais te chercher. Quentin a des nouvelles d'Azael, il a sans doute localisé les mains.

– C'est impossible! Le maître d'Ogier les a...

– Oublie cela! Azael est plus obstiné que tu ne l'imagines et Quentin est certain de ses informations. Je pense qu'il voulait t'en parler mais tu avais disparu. Le pauvre garçon en était tout chamboulé.

Elle avait ponctué ces mots d'un clin d'œil goguenard.

– Vous vous êtes fâchés?

Un haussement d'épaules accueillit sa question. Rakshasa posa sa main sur celle d'Anne.

– Ne te monte pas la tête pour des broutilles, Azael n'attend que cela. Les démons sont maîtres de discorde.

– Parce que toi, tu ne l'es pas? ironisa Anne.

Une ombre passa sur le visage de Rakshasa.

– Voilà trop longtemps que j'ai abandonné les enfers pour désirer ce que désirent les miens. Je suis une traîtresse à leur cause, une proscrite, et mon camp est celui des humains.

– Une traîtresse comme je le suis moi-même. J'ai été l'alliée d'Azael…

– Je ne te juge pas. Et le courage dont tu fais preuve en t'opposant à lui est digne de respect. Mais tu portes sa marque et il faut que tu continues à te méfier.

– De lui ?

Rakshasa secoua la tête avec douceur.

– Non, pas de lui. De toi.

Violaine, Quentin, Jeanne et Ogier avaient le visage grave quand Anne et Rakshasa pénétrèrent dans le salon. Le téléphone portable de Quentin était posé en évidence sur la table basse.

– C'est une veillée funèbre ? persifla Anne, tandis que Rakshasa s'installait à côté de la sorcière.

– Plutôt une veillée d'armes, jeune fille ! rétorqua Ogier. Ce garçon se prépare à affronter Azael. Seul.

Violaine, murée dans un silence de mauvais augure, fixait le sol en se massant la main gauche. Elle avait enfilé des gants en dentelle qui se mariaient merveilleusement à l'ensemble de lin clair qu'elle portait.

– Tu crois que c'est une bonne idée ? s'étonna Anne.

Quentin désigna le portable.

– J'attends l'appel des noûss. Ils vont me permettre de franchir les défenses d'un pare-feu très sophistiqué afin de m'introduire dans un centre de recherches.

Quentin chercha le regard d'Anne.

– Azael a probablement trouvé un moyen d'accéder au monde où Yaqub Ibn Ruchd a envoyé les mains.

– Rak m'a déjà expliqué cela. Pourquoi veux-tu y aller sans nous ?

– Nous sommes pressés par le temps. Vous changer en brouillard d'électrons est une opération complexe. Ensuite, il vous faudrait accepter de perdre tous vos repères pour comprendre le cyberespace et vous y déplacer.

– Si tu nous fais savoir où tu seras, objecta Violaine, nous pourrons te rejoindre quasi instantanément.

– C'est envisageable, opina Quentin, à condition qu'Azael m'en laisse le loisir.

La sonnerie du portable s'éleva à cet instant.

– J'y vais, dit-il simplement avant de disparaître.

LE SCEAU

Le regard absent, le professeur Devinteuil n'esquissa pas un geste quand un brouillard argenté fusa en tourbillonnant d'une des unités centrales. Il dériva, comme poussé par un courant d'air, et s'immobilisa au centre de la pièce. Les particules qui le composaient s'agglutinèrent soudain et cédèrent la place à un jeune homme mince et blond qui tenait à la main un long bâton de bois blanc gravé de runes.

Il parcourut la pièce des yeux, observant avec curiosité les ordinateurs, puis il aperçut le physicien prostré dans un angle. Il s'agenouilla et posa sa main sur son front. Le professeur Devinteuil battit des paupières à la manière d'un homme qui s'éveille et le regarda. En dépit de son jeune âge, les yeux bruns du nouveau venu exprimaient une surprenante maturité. L'inconnu accentua sa pression sur le front du physicien. Aussitôt, la douleur qui vrillait son poignet se dissipa.

– Qui êtes-vous ? interrogea-t-il.

Le jeune homme fronça les sourcils, comme si cette question le surprenait.

– La réponse n'est pas évidente et il m'arrive moi-même de ne plus très bien savoir qui je suis. Appelez-moi Quentin. À qui ai-je l'honneur ?

Le physicien accepta la main que le jeune homme lui tendait et se releva.

– Charles Devinteuil, directeur de recherches du projet *Porte des mondes*.

Haussant les épaules, il ajouta avec une expression teintée de désenchantement :

– Enfin, ce qu'il en reste ! J'aimerais pouvoir me dire que tout ce que j'ai vécu ces dernières heures est un épouvantable cauchemar, mais votre présence ici me prouve qu'il n'en est rien. Je suppose que vous connaissez un…

Il parut hésiter sur le terme exact à employer.

– … un individu de votre âge nommé Azael ?

– C'est mon frère, répondit Quentin à qui cet aveu semblait coûter. Mais nous ne nous ressemblons guère et nos buts sont radicalement opposés. Quelle est votre spécialité exacte, professeur ?

– La physique quantique, et plus particulièrement la théorie des univers parallèles et du multivers. Mais dans ce laboratoire, nous ne nous préoccupons pas seulement de théorie. Je suppose que vous le savez. Comment êtes-vous parvenu à pénétrer ici ? On se croirait dans un moulin et non dans un périmètre sécurisé par l'armée

Quentin sourit et jeta un coup d'œil évasif en direction des ordinateurs.

– Si je vous le disais, vous ne me croiriez pas.

Devinteuil haussa les épaules avec résignation. Comme son frère, ce jeune garçon était entré sans déclencher aucune des alarmes. Qui étaient-ils en vérité pour posséder des capacités aussi singulières ?

– Peu importe, après tout, marmonna-t-il. Si vous cherchez Azael, je doute que vous le retrouviez à présent.

Il désigna l'écran de contrôle sur lequel s'affichait l'image d'un anneau métallique.

– Le tore que vous voyez est une porte vers d'autres univers. Je l'ai conçu et Azael a mis au point le logiciel qui l'a rendu opératoire.

– À condition de l'utiliser le premier, j'imagine ?

Fuyant son regard, le physicien acquiesça.

– Me sera-t-il possible de l'utiliser à mon tour ?

– J'en doute. Azael m'a affirmé que ce matériel resterait inutilisable jusqu'à son retour.

Quentin fixa l'écran avec intensité. Aussitôt une expression de dégoût s'afficha sur son visage.

– Je vous déconseille effectivement de tenter quoi que ce soit. Évitez même de vous approcher trop près de ce dispositif. Je pourrais tenter d'annuler ce qu'il a mis en œuvre mais…

Il observa Devinteuil avec acuité puis saisit son bras et observa son poignet. La marque qu'Azael y avait abandonnée ressemblait à une brûlure rougeâtre. Quentin l'effleura du pouce et frissonna.

– Vous portez son sceau. Je suis impuissant à agir, vous y laisseriez votre vie.

Sa voix s'adoucit quand il demanda :

– Est-ce par ce biais qu'il vous fera savoir quand le ramener ?

Comme le physicien se taisait, Quentin ajouta :

– Obéissez à ses ordres. Vous n'êtes pas en mesure de vous opposer à lui. De mon côté, je ferai mon possible pour qu'il n'exige plus rien de vous. Il existe d'autres moyens de franchir les portes entre les mondes.

– Vous voulez dire que vous êtes capable de le rejoindre là où il se trouve ? C'est impensable !

Devinteuil se retrancha dans un silence effaré. Sa vie entière avait été consacrée au travail et à l'étude. Il avait sacrifié sa jeunesse et son âge adulte afin de réaliser ce que ce gamin prétendait être en mesure de faire : explorer le multivers.

– Qui êtes-vous ? finit-il par demander.

– Quelqu'un qui n'a pas choisi d'être ce qu'il est, répondit Quentin. Souhaitez-moi bonne chance, car si je ne parviens pas à empêcher Azael de revenir sur Terre, notre avenir sera plus sombre que tout ce que vous pouvez imaginer.

PRÉDICTIONS

Le retour de Quentin et son récit des derniers événements plongèrent ses compagnons dans la consternation. Personne ne semblait avoir d'appétit et le dîner tirait en longueur, dans un silence hanté de pensées inquiètes.

– Il faut donc rapidement décider ce que nous allons faire, déclara Rakshasa.

– Contentons-nous d'attendre le retour d'Azael pour l'affronter, suggéra Ogier. Nous avons en notre possession le torse et les pieds de la statue, il ne peut rien sans eux.

– Cela me semble judicieux, confirma Violaine. Nous pourrions surveiller ce laboratoire et y intervenir à son retour.

– Non, répondit Quentin, je ne nous vois pas investir des locaux contrôlés par la Défense nationale et nous y battre. Il faut rattraper Azael et l'empêcher de rapporter les mains de Baalzébuth.

Anne, qui bouillait sur son siège, se leva avec brusquerie.

– Je suis d'accord avec toi. Un peu d'action ne nous fera pas de mal. Nous nous ramollissons ici.

– L'ennui, si je t'ai bien compris, déclara Jeanne, c'est que le tore est contrôlé par un entrelacs de sorts. Personne hormis Azael ne peut le franchir.

– Je le sais, dit Quentin, voilà pourquoi je compte demander aux Passeuses de nous aider.

– Les Passeuses ? Crois-tu que ce soit une bonne idée ?

Le visage fermé, Violaine malaxait une boulette de pain qu'elle laissa choir sur la nappe.

– Bonne ou mauvaise, conclut Rakshasa, il a raison. C'est la seule dont nous disposons.

Violaine observait Quentin tracer un pentacle sur le sol. À un mètre de lui, la mince silhouette d'Anne se découpait dans la pénombre. La sorcière éprouva un violent mouvement d'humeur. Quentin prenait garde à ne rien manifester mais elle percevait l'attirance qu'il éprouvait pour la jeune fille et son ressentiment n'en était que plus aigu, même si elle s'efforçait à l'impassibilité.

D'un geste machinal, elle passa sa main dans sa chevelure. Contrairement à son habitude, elle n'avait pas souhaité y nouer le ruban de velours vert que Jacques lui avait offert.

Ils se trouvaient à proximité d'un boqueteau surplombant les vignes qui se ruaient en coulées noires et bruissantes vers la vallée. Le sol, veiné d'affleurements rocheux, était couvert par une végétation rare et basse. À un kilomètre environ sur leur gauche, la sorcière apercevait les lumières de Comberoumale.

Sur un ordre de Quentin, ils se placèrent tous à la périphérie du pentacle et le jeune sorcier commença son invocation. Bientôt, sa voix se tut et le silence s'étendit sur la campagne.

Ce fut d'abord comme un froissement dans la matière de la nuit puis l'air parut se déchirer. Trois silhouettes voûtées apparurent au centre de la figure. Elles étaient vêtues de longues tuniques grises et leurs chevelures blanches et emmêlées croulaient sur leurs épaules. De leurs lèvres entrouvertes montait un caquètement sec.

La première tenait entre ses doigts une paire de ciseaux, la deuxième, une bobine de fil et une aiguille, et la troisième, une pince. Violaine frémit en songeant que, pourvu qu'elle vive encore, elle deviendrait un jour la fidèle réplique de ces vieillardes aux voix de crécelle.

Indifférentes à la beauté du paysage qui les entourait, les Passeuses vrillèrent leurs pupilles de rapaces dans les yeux des quatre humains. La lumière de la lune y éveilla des reflets orangés.

– Les humains auraient-ils un nouveau service à nous demander ? commença la Passeuse à la pince.

– Oh oui, continua sa sœur, ils ont un service à nous demander car cette histoire n'est pas encore terminée !

– Non, pas encore terminée, reprirent les deux autres en chœur. Il faudra beaucoup de sang, de chagrin et de larmes avant qu'elle le soit. Vous devrez tous apprendre sur vous-mêmes avant de devenir ce que vous êtes vraiment.

Leurs voix se perdirent dans un concert d'éclats de rire stridents, puis la Passeuse aux ciseaux prit la parole :

– Nous savons qu'Azael est parvenu à fendre le tissu du monde et qu'il a gagné un univers lointain. Nous savons que vous désirez le suivre. Êtes-vous certains de votre choix ?

Ogier haussa les épaules tandis que Violaine se raidissait légèrement.

– Nous en sommes certains, affirma Quentin. Acceptez-vous de nous aider ?

– Nous l'acceptons, répondirent les Passeuses. Nous ouvrirons la porte qui mène à Gayian et, le moment venu, nous vous permettrons de revenir.

– Gayian ? s'étonna Anne.

– C'est ainsi que se nomme le monde dans lequel, voilà bien longtemps, Yaqub Ibn Ruchd a précipité les mains de Baalzébuth. Non seulement nous vous permettrons de vous y rendre mais nous vous donnerons la connaissance de la langue que l'on y parle, car ce monde est peuplé d'êtres qui vous ressemblent. Votre quête en sera facilitée.

La Passeuse à la bobine et à l'aiguille émit un rire flûté.

– Il faut cependant que vous sachiez que les couloirs entre les univers sont capricieux et que si nous ouvrons une porte sur Terre, c'en sont cinq qui s'ouvriront sur Gayian. Vous arriverez en ordre dispersé. À charge pour vous de reconstituer votre groupe. Notre proposition vous convient-elle ?

Les quatre humains et Rakshasa opinèrent.

– Pouvez-vous nous éclairer sur ce qui nous attend ? demanda Violaine.

Six yeux de chouette se posèrent sur elle et glissèrent jusqu'à sa main. Un discret sourire étira leurs lèvres minces tandis qu'une violente douleur transperçait la paume de la sorcière.

– Non, ce sera à toi de choisir ton destin, répondit la Passeuse aux ciseaux. Il serait plus rassurant qu'il soit écrit une fois pour toutes mais ce n'est hélas pas le cas. Pour ma part, je souhaite que tes erreurs te conduisent à la place qui est la tienne.

– La place qui est la mienne ? répéta Violaine que ces propos obscurs déroutaient. À quelle place songez-vous ?

La Passeuse fit sèchement claquer ses ciseaux puis désigna les quatre humains.

– À celle que nous devons occuper, immortels ou mortels, pour que cet univers conserve son équilibre ! Tu deviendras enfin toi, Violaine, lorsque toutes tes blessures auront cicatrisé. Dans l'immédiat, elles sont béantes.

La violence du trait arracha un haut-le-corps à la sorcière. L'allusion était trop transparente pour qu'elle ait le moindre doute. Les Passeuses connaissaient l'existence de sa plaie et des tourments qui l'agitaient.

Ses compagnons avaient suivi cet échange sans se risquer à prononcer un mot. Quentin frémit lorsque, après être passés avec indifférence sur Ogier et Rakshasa, les yeux de la Passeuse se posèrent sur Anne qui lui rendit son regard avec crânerie.

– Une fleur est sur le point d'éclore en toi, jeune femme. Une fleur vénéneuse. En es-tu consciente ? Les dons des démons sont…

– Épargnez-moi vos prophéties ! répliqua Anne. Quentin m'a dit que vous reconnaissez vous-mêmes ne rien savoir de l'avenir !

Une expression mi-méprisante, mi-amusée anima les traits de la vieille femme.

– Je ne prédis rien, je constate, laissa-t-elle tomber. Quant à toi…

Elle fixa Quentin avec gravité.

– L'ombre de la mort est sur toi. Tu es appelé à mourir, à renaître, à mourir encore et ton avenir sera dans ton passé.

Le jeune sorcier savait qu'il était inutile de demander ce que signifiaient ces paroles sibyllines. Il se contenta d'un hochement de la tête et attendit. Semblant se désintéresser de ses interlocuteurs, la Passeuse fendit le tissu du monde puis céda la place à sa sœur qui ménagea un passage assez large pour qu'un homme adulte pût s'y glisser. Une lueur bleuâtre en sourdait.

Après une brève inclination du chef à l'adresse de ses compagnons, Ogier passa le premier, suivi de Rakshasa et d'Anne. Violaine, les traits creusés, disparut à son tour.

Quentin inspira, sachant que c'était la dernière bouffée d'air qu'il emportait de son monde. Il adressa un signe de remerciement aux Passeuses et franchit la porte.

SOLITUDE

Jeanne ne cillait pas, comme hypnotisée par le mince panache de vapeur qui s'enroulait lentement au-dessus de sa tasse de thé. L'appel d'un rapace nocturne la tira de son engourdissement et elle sortit marcher dans le jardin.

Même si le départ de Quentin et de ses compagnons était une nouvelle épreuve à affronter, il ne fallait céder ni à l'angoisse ni à la peur. Sa première réaction avait été de les accompagner. Violaine l'en avait dissuadée : les dangers étaient trop grands et elle était mal armée pour les affronter.

Ils reviendraient. Voilà l'unique credo à laquelle elle devait se raccrocher : ils reviendraient. Quant à son propre rôle, il était essentiel.

Nicolas avait besoin de sa présence.

De ses larmes.

D'où tenait-elle cette évidence ? Elle l'ignorait.

Chacune des larmes qu'elle versait irriguait la pierre, tout autant que le sang des victimes sur laquelle on les avait immolées. Elle les avait vues disparaître sans laisser de trace sur sa surface rugueuse.

Où qu'elles soient allées, ses larmes avaient rencontré Nicolas, lui avaient redonné vie. Espoir.

Elles lui avaient fait comprendre que rien n'était perdu. Que tôt ou tard, sa libération viendrait.

Jeanne tourna les yeux vers le ciel et soupira. Il était d'une pureté extraordinaire et les millions de points lumineux qui le piquaient lui donnèrent le vertige.

« Tant de mondes où se perdre, songea-t-elle. Tant de mondes où se retrouver. »

LE BA'HAÏ

Les deux hommes s'immobilisèrent dans l'ombre qu'une haute bâtisse projetait dans la rue. Une ombre triple, dessinée par les trois lunes qui flottaient dans le ciel.

Devant eux, s'étendait un parvis long d'une centaine de mètres. À son extrémité, un porche monumental que deux colosses en armure pourpre défendaient. Les portes étaient béantes et la herse relevée, preuve que le maître des lieux ne redoutait rien ni personne.

Au-delà, s'élevait le palais.

C'était une citadelle aux proportions impressionnantes, constituée d'une série de cylindres concentriques qui allaient en diminuant à chaque palier. Azael en compta huit. Chaque étage, bordé par une esplanade qui s'enroulait en colimaçon jusqu'au sommet, était orné de baies géminées. Bâtie dans une roche sombre, l'énorme construction dégageait une bizarre impression de puissance et de déséquilibre, sans doute parce qu'elle n'était pas verticale, mais subtilement inclinée sur le côté, comme désaxée par sa propre démesure.

– Qui apprécie de telles architectures ne peut que m'être sympathique, murmura Azael en se tournant vers Arnaud de Blanquefort. On jurerait la forteresse d'un prince démon.

– Je doute cependant qu'il vous accueille à bras ouverts, le tempéra ce dernier. La source de son pouvoir se trouve précisément dans ce que vous vous proposez de lui arracher.

– Pourra-t-il m'en empêcher ? interrogea Azael sur un ton étonnamment léger. Les mains de mon Seigneur me reviennent de droit et je saurai le lui faire comprendre. Suis-moi !

Ils traversèrent le parvis et gagnèrent le porche.

– On ne passe pas ! ordonna un des gardes en tirant son épée du fourreau.

Azael n'eut pas un regard pour le colosse. Il se contenta d'un geste négligent de la main et celui-ci se figea, aussitôt imité par son compagnon.

Poursuivant leur route, Azael et Arnaud gagnèrent le palais. Une myriade de feux étoilait la nuit. Comme on le leur avait annoncé, une armée y campait et l'odeur entêtante du sang des animaux que l'on avait abattus pour les rôtir empuantissait l'atmosphère.

Tout en franchissant leurs rangs, Azael observa avec curiosité les soldats du Ba'haï. Le plus fascinant n'était pas leur haute taille et leur carrure athlétique mais l'étrange aspect de leur peau. On l'aurait dite minérale, d'un incarnat sombre et sanguin, et les pores épais qui la criblaient évoquaient la texture d'une pierre volcanique. Il était difficile de les distinguer les uns des autres tant leurs visages massifs, semblables à des mufles de bêtes, se ressemblaient. Ils mangeaient avec avidité, les mains crispées sur d'épaisses pièces de viande saignante, jouant des mâchoires et des crocs et, l'espace d'un instant, Azael se prit à admirer cette faim dévorante qu'il devinait en eux.

Une faim de chair et de sang, de combat et de violence.

– Ces êtres sont issus des mains de mon Seigneur, lança-t-il à l'intention d'Arnaud. Le Ba'haï a su en faire un usage que je n'aurais pas imaginé.

Il n'en dit pas davantage mais le Templier comprit que le démon était déconcerté par les créatures qui les encerclaient.

Désormais invisibles aux yeux de ceux qui les entouraient, ils gravirent un escalier conduisant à une porte frappée de motifs entrelacés. Ses battants, hauts de plus de vingt pieds, étaient ouverts. Ils pénétrèrent dans un hall aux proportions de cathédrale. Une cour bruyante et bigarrée s'y pressait : aristocrates, domestiques, esclaves, fournisseurs venus livrer les cuisines. Les tenues excentriques voisinaient avec celles, plus sobres, des hommes en armes : officiers du Ba'haï ou membres de sa garde qui déambulaient, le regard fixe.

Azael s'immobilisa. Dans les hauteurs de la forteresse, il percevait une présence délicieuse. Une présence qui dispensait des ondes par lui seul discernables. Curieusement cependant, elles étaient brouillées, et la voix de son Seigneur qui lui était toujours parvenue lorsqu'il s'approchait d'une des parties de son corps restait muette.

Fendant la foule, ils parcoururent une enfilade de salles. Nul n'était besoin de s'interroger sur la richesse du maître des lieux. Toutes les merveilles que le Ba'haï avait pillées au cours des guerres qui avaient ensanglanté Gayian aux premières années de son règne s'étaient accumulées dans ce palais dément. Les murs disparaissaient sous les tentures, les tapisseries, les innombrables trophées arrachés aux peuples conquis.

Partout, des tables étaient dressées, couvertes de mets raffinés que des nuées de domestiques renouvelaient sans cesse. Azael contempla d'un œil désabusé la foule de parasites qui s'abattaient sur les monceaux de victuailles et l'image d'un vol de sauterelles affamées lui vint à l'esprit. En dépit de l'agitation et des rires, il régnait dans le palais une atmosphère de fin de règne.

– Ce monde est décadent, grogna Arnaud, et voilà longtemps qu'il n'a pas connu la guerre ! Trop de richesses, trop de paresse, trop de vermine. Où se trouve le Ba'haï ? Je ne le vois nulle part.

– Quelque part là-haut, répondit Azael. Attends-moi ici, j'aurai plus vite fait seul.

Sa silhouette se fondit en un essaim de mouches qui disparut en bourdonnant. Les ondes émises par les mains l'attiraient si puissamment qu'il fut comme aspiré vers le sommet de la citadelle. Il s'éleva le long d'interminables escaliers ornés de fresques. On y voyait le Ba'haï en majesté, soumettant les peuples de Gayian.

Enfin, Azael parvint au dernier étage. Les mains étaient proches à présent et le démon reprit sa forme humaine. Une formidable excitation s'était emparée de lui. Il avait accompli l'impossible : franchir la porte des mondes pour retrouver les mains du Seigneur des Mouches !

Un rougeoiement attira son attention. Il traversa un corridor tendu de soie pourpre et pénétra dans les appartements du Ba'haï.

La nuit était claire et, à travers les hautes fenêtres en ogive, Astart, Mardou et Ornir, les trois lunes de Gayian, formaient un triangle parfait. En contrebas, la forme tortueuse du fleuve ondulait jusqu'à l'horizon.

Des braseros, disposés de place en place, maintenaient une chaleur étouffante dans la pièce.

– J'ai froid, murmura une voix grave qui provenait d'un fauteuil tourné vers la vallée. Voilà bientôt mille ans que j'ai froid.

Azael contourna le siège.

La première chose qu'il discerna, ce furent ses mains. Deux mains rouges taillées dans une matière écarlate creusée de milliers de canaux aussi fins que des cheveux. Les doigts étaient terminés par des ongles acérés. Ils n'avaient cependant pas la rigidité de la pierre mais, souples et puissants, caressaient avec lenteur les accoudoirs du fauteuil.

Ce qu'il n'avait pas voulu croire était donc vrai. Le Ba'haï ne s'était pas approprié les mains, elles étaient devenues parties intégrantes de son corps !

Le souverain quitta son siège et Azael fut surpris par sa taille. Il le dominait de plus d'un mètre. Son visage avait la même teinte que les mains et tranchait sur sa chevelure argentée, caractéristique des habitants de Gayian. Les yeux, uniformément noirs, possédaient l'éclat froid de joyaux ternis par le temps.

Ils se posèrent sur Azael et l'examinèrent. Un mince sourire étira enfin les lèvres du Ba'haï.

– Je sais qui vous êtes... Vous désirez me prendre les mains, ajouta-t-il à voix si basse que son interlocuteur dut se pencher en avant pour saisir ses paroles.

Azael hocha la tête, le regard rivé sur les yeux vides du géant, désarçonné par son hautain détachement.

En écho à ses pensées, le Ba'haï récita :

– *Ce qu'a fait l'un, l'autre le défera.*

Il observa de nouveau le démon puis ajouta :

– Vous n'êtes pas celui-là !

– Peu importe qui je suis, répliqua Azael en levant le bras.

Un long poignard au manche sinueux se matérialisa entre ses doigts. Le démon fendit l'air et frappa les pieds d'un brasero, les tranchant net. Il s'effondra, répandant une moisson de braises. Le Ba'haï les regarda couvrir ses pieds, indifférent à la chaleur qu'elles dégageaient. De nouveau, Azael frappa, visant cette fois le poignet du géant. La lame crissa mais n'entailla pas les chairs.

Ses yeux s'écarquillèrent. Pressentant le danger, il recula en hâte.

Le Ba'haï le saisit par la gorge, lui arracha son poignard et l'envoya rouler à trente pas. Azael, ébranlé, se releva. Son adversaire observait son arme puis, serrant le poing, il la réduisit en esquilles inoffensives qu'il jeta derrière lui.

– Vos pouvoirs ne vous serviront à rien ! dit-il sur un ton égal. Je suis plus fort que vous.

Il avait prononcé ces mots avec une calme évidence et Azael jugea inutile de se lancer dans un combat qu'il savait perdu d'avance.

Pour la première fois depuis le début de sa très longue existence, la situation lui échappait. Plus grave encore, la voix de son maître ne lui parvenait plus. Il fixa les mains du colosse et tenta de contrôler sa rage.

Son silence fut rompu par une question du Ba'haï qui le stupéfia :

– Avez-vous un frère ?

Azael acquiesça. Le Ba'haï exerçait sur lui un ascendant que seul Baalzébuth possédait. Son visage impassible, comme taillé dans la pierre, était tourné vers le sol, dans une attitude pensive. Quand il releva les yeux, il dit simplement :

– Disparaissez.

Incapable de se rebeller, le démon sentit son corps redevenir essaim de mouches tandis qu'un vent venu de nulle part l'entraînait loin, dans un tourbillon qui, l'espace d'un instant, le priva de sa conscience.

PIÈGE

Azael se jucha sur un rocher, face à l'horizon ocre, et, d'un coup sec, planta l'épée d'Arnaud dans la roche, puis il referma les mains sur la poignée et abaissa ses paupières. Un voile de chaleur vibrait au-dessus du désert, déformant les dunes.

– Elle est quelque part là-bas, exulta-t-il. Depuis que mes mouches ont pondu dans la plaie que tu lui as causée, je la vois. Elle est faible, désorientée.

Un ricanement de plaisir lui échappa :

– Elle souffre !

– Comment est-elle parvenue jusqu'à Gayian ? interrogea Arnaud de Blanquefort. A-t-elle pu utiliser l'anneau ? Et ses compagnons, pourquoi ne sont-ils pas avec elle ?

Le Templier se tenait à quelques pas de son maître, son visage couleur de vieux cuir rongé par un éternel rictus.

En dépit de la lumière blanche et crue que dispensait le soleil, ses yeux ne cillaient pas.

– Elle n'a pas pu franchir le tore. Les sorts que j'ai noués sont trop dangereux. Songe plutôt que nos ennemis disposent d'alliés puissants : les Passeuses. Ce sont elles qui lui ont permis de gagner ce monde. Mais, pour une raison que j'ignore, Violaine est seule et je suis incapable de savoir où sont les autres.

– Désirez-vous que nous allions à sa rencontre ?

Azael secoua la tête.

– Nous allons plutôt attendre qu'elle vienne à nous.

Il arracha l'épée du rocher, la lança à Arnaud, sauta au sol et ramassa une poignée de sable qu'il laissa filer entre ses doigts.

– La sorcière est prête à me rejoindre. Ce que je lui offrirai pour prix de son ralliement est son vœu le plus cher, quand bien même elle refusera de l'admettre.

Violaine essuya la sueur qui poissait son front et passa la langue sur ses lèvres crevassées. Elle était tenaillée par la soif et, dans l'immédiat, ses sortilèges ne lui étaient d'aucune aide.

Après avoir emprunté la porte ouverte par les Passeuses, elle avait éprouvé une brève sensation de chute et de froid puis avait senti sous ses pieds un sol meuble et brûlant. Les yeux blessés par la lumière, elle avait constaté qu'elle se trouvait dans un désert dont elle n'apercevait pas les limites, de quelque côté qu'elle se tourne.

Prenant appui sur son bâton, elle évalua ses chances d'en sortir en marchant. Elles étaient inexistantes. En revanche, sous forme de rapace…

Sa silhouette se ramassa brusquement et une crécerelle s'éleva dans le ciel sans nuage. Quand elle fut à une centaine de mètres de hauteur, elle exécuta de larges cercles afin d'observer le paysage. Des dunes dorées se profilaient aux quatre points cardinaux. Quelle direction choisir ? Violaine décida de suivre celle du soleil. Elle se laissa porter par les courants d'air chaud qui montaient du sable et fila à toute allure droit devant.

Depuis combien d'heures volait-elle ? Elle l'ignorait. Le soleil flottait au-dessus de l'horizon et trois lunes étaient apparues dans le ciel. La première était bleue, la deuxième laiteuse et la dernière rousse. Elles dessinaient un triangle parfait.

La soif que Violaine éprouvait était à présent impérieuse. Elle observa de nouveau le paysage en quête d'un indice qui lui signale la présence d'eau. Par endroits, le sable ondulait, comme si de longs vers s'étaient agités sous sa surface. Au loin, de larges plaques de roche semblaient marquer la limite du désert.

Soudain, une forme vert sombre attira son attention. On aurait dit un arbre solitaire. Se pouvait-il qu'il y ait de l'eau à proximité ou tout du moins qu'il porte des fruits ou possède des racines aqueuses ?

La crécerelle fondit vers le sol et se posa près de l'étrange végétal. Aussitôt, Violaine retrouva sa forme humaine. L'arbre, si c'en était un, avait un tronc verruqueux d'environ trois mètres de haut, coiffé d'une corolle lisse, enroulée sur elle-même. Le tronc n'était pas fiché dans le sol mais reposait sur une base plate et légèrement incurvée à chacune de ses extrémités. Stupéfaite, Violaine constata que le sable portait l'empreinte de cette base sur une vingtaine de mètres. Cet « arbre » n'avait pas de racines et se déplaçait selon le caprice des vents. Comment puisait-il l'eau et les nutriments nécessaires à sa croissance ?

S'enhardissant, elle en fit le tour. Trois fruits écarlates étaient suspendus à la corolle par une tige vert tendre. Ils paraissaient gorgés de sucs.

Elle s'approchait pour en cueillir un lorsqu'elle aperçut le cadavre. C'était un animal au corps mince et allongé, pourvu de trois paires de pattes. Sa tête aplatie évoquait le mufle d'un batracien. Depuis quand était-il mort ? Sans doute plusieurs jours car ses os se dessinaient sous sa peau tendue.

Un trou parfaitement rond à la base du cou attira son attention.

Violaine se penchait pour l'observer quand son œil enregistra un mouvement. Elle leva sa main pour se protéger et éprouva une violente douleur. Un objet pointu venait de se planter dans sa paume, à l'endroit exact où Arnaud de Blanquefort l'avait blessée. Elle voulut reculer mais ses jambes lui manquèrent et elle tomba à genoux.

Horrifiée, Violaine constata qu'une lanière ivoire, souple et effilée, avait jailli de la corolle du végétal et la retenait prisonnière. Lorsqu'elle tenta de l'arracher, des ondes de souffrance la traversèrent. Au même instant, elle perçut une pulsation et découvrit, épouvantée, que la lanière se teintait de pourpre.

Cette abomination aspirait son sang ! Voilà d'où elle tirait sa nourriture, des proies qui avaient la stupidité de l'approcher ! Du bâton, elle frappa le dard fiché dans sa chair. Il y eut un éclair et sa surface se carbonisa, répandant une puanteur âcre. Le flagelle se rétracta et disparut au fond de la corolle dans un claquement de fouet. Flageolante, Violaine s'éloigna. D'un mot, elle interrompit l'hémorragie et atténua les élancements douloureux mais elle constata avec angoisse que son bras commençait à s'ankyloser.

– Du venin ! gémit-elle.

Elle composa au jugé un sort de guérison, ne sachant dans quelle mesure il serait efficace contre une créature inconnue puis, trop épuisée pour se transformer à nouveau, elle partit dans la direction du soleil couchant.

Après avoir parcouru une centaine de mètres, Violaine songea au ruban qu'elle avait choisi de ne pas nouer dans ses cheveux et maudit sa rancœur : elle ne disposait d'aucun moyen d'appeler Quentin à l'aide.

Sa vision se troubla et le décor tangua autour d'elle. Rassemblant ses forces, elle s'obligea à poser un pied devant l'autre, luttant contre le vertige qui menaçait de la faire rouler dans le sable brûlant. De sa main valide, elle s'appuyait sur son bâton dont l'énergie subtile lui donnait le courage de continuer. Sans lui, elle se serait recroquevillée sur le sable et se serait assoupie, indifférente à son sort.

De violentes contractions agitaient à présent sa main et son bras droits ; l'engourdissement gagnait son épaule et son côté. Autour d'elle, le paysage n'était plus qu'un magma étincelant à l'horizon duquel un soleil boursouflé semblait attendre pour l'engloutir.

Violaine avança en titubant jusqu'à ce qu'elle sente le sable céder la place à un sol rocheux. Elle ne parvint pas même à s'en réjouir. Une plainte ininterrompue fusait de sa bouche et la souffrance qui battait dans sa main blessée pulsait désormais en vagues puissantes dans son corps tout entier.

Un bruit de pas la surprit. Elle s'immobilisa, agrippée à son bâton. Devant elle, deux silhouettes brouillées venaient d'apparaître. L'une d'elles leva le bras et, aussitôt, sa douleur s'évanouit. Violaine voulut parler mais elle n'émit qu'un murmure rauque. Elle s'effondra et perdit à demi connaissance.

On s'empressait auprès d'elle. On forçait ses lèvres craquelées pour y introduire le goulot d'une gourde. Une eau tiède coula dans sa bouche. Elle l'avala avec avidité, manquant de s'étouffer, puis s'abandonna à l'inconscience.

LES NOMADES

Anne courait.

Ses jambes se mouvaient sans effort et ses poumons se gonflaient d'un air extraordinairement pur.

À peine ses pieds s'étaient-ils posés sur le sol de Gayian qu'elle avait éprouvé une jubilation sans bornes. Le contact de cette terre étrangère l'électrisait et c'est à longues foulées qu'elle parcourait la steppe où elle s'était matérialisée quelques heures plus tôt. D'ailleurs, elle n'avait pas éprouvé le besoin de se métamorphoser en chauve-souris. C'était sous sa forme humaine qu'elle désirait appréhender ce monde.

Le posséder.

Elle s'arrêta un instant pour jouir du paysage. Autour d'elle s'étendait une immense plaine couverte de graminées aux couronnes d'aigrettes fauves, jaune vif, azur et écarlates. Elles se balançaient au rythme d'un vent doux venu du sud, tressant une composition sans cesse changeante, d'une beauté à couper le souffle.

De loin en loin, des étangs et des mares tendaient vers le ciel des miroirs d'un vert profond que veinaient de hautes touffes de roseaux aux tiges violines. Au nord, une chaîne de montagnes dressait ses pics enneigés. Le soleil, d'un blanc cru tirant sur le bleu, dispensait une chaleur exquise.

Les Passeuses n'avaient pas menti : elle était seule mais en retirait l'infini plaisir de se sentir sans entraves. Qui pouvait-elle craindre ? Elle se savait de taille à terrasser n'importe quel adversaire et comptait sur son intelligence et ses talents pour retrouver ses compagnons.

Un regard lui permit d'identifier une piste laissée par le passage d'une troupe d'êtres civilisés. Des animaux de trait et des charrettes avaient creusé de profondes ornières dans la terre meuble. Leur fraîcheur était le signe qu'ils ne la précédaient que d'une courte distance. Sans doute lui indiqueraient-ils où se trouvait la ville la plus proche. De là, elle partirait en quête des mains de Baalzébuth. Si ses compagnons procédaient de même, ils se retrouveraient immanquablement. Anne éprouva un bref pincement au cœur en songeant à Quentin et s'efforça de se concentrer sur le moment présent.

Loin devant elle, elle aperçut un mince ruban de fumée qui se tordait dans le ciel couleur cobalt. À l'approche du soir, le convoi qu'elle pistait s'était arrêté pour bivouaquer. Elle décida de s'en approcher.

Bientôt, apparut un cercle de roulottes que protégeait une nuée de guerriers en armes. Comme le leur avaient annoncé les Passeuses, ce monde était peuplé d'humains.

De vigoureux parfums montèrent à ses narines. Celui des bêtes, lourd et musqué. Celui du bois qui se consumait. Le fumet, enfin, des viandes grillant au-dessus des braises et qui lui mit l'eau à la bouche.

Elle n'était qu'à une centaine de mètres du campement quand deux silhouettes se dirigèrent vers elle au pas de course. Chacune tenait un javelot à la main. Un sabre court pendait à leur ceinture.

C'étaient un homme et une femme aux cheveux blancs nattés. Leurs yeux ombrés de longs cils noirs avaient d'étranges pupilles ambrées, fendues comme celles des chats. Ils étaient vêtus d'un pantalon et d'un justaucorps en cuir. Leurs pieds étaient chaussés de bottes en peau retournée.

L'homme se tenait en retrait et sa compagne lui jeta un regard de mépris avant de lancer :

– De quoi as-tu peur, espèce de couard ? Tu vois bien que ce n'est pas un yab'chaïn !

Elle parlait une langue syncopée, très mélodieuse, qu'Anne n'eut aucune peine à comprendre.

– Qu'est-ce qu'un yab'chaïn ? demanda-t-elle.

Ses interlocuteurs la fixèrent avec ahurissement.

– Tu te moques de nous ?

La femme avait posé la main sur la poignée de son sabre et la tira de son fourreau, dévoilant quelques centimètres de lame. Sur l'épaule d'Anne, la chauve-souris devint brûlante et elle contint la colère qui menaçait de l'emporter.

– Je viens de très loin et je ne sais rien de ce qui vous est familier. Qu'en est-il de l'hospitalité qu'on doit aux étrangers ?

– Que signifie très loin ? lança l'homme. Le pouvoir du Ba'haï s'étend partout. Personne sur Gayian ne peut l'ignorer. Il a réduit en esclavage tous les peuples de ce monde à l'exception des nomades. Ici, dans les steppes et les montagnes, nous sommes les maîtres !

Il marqua une pause et ajouta sur un ton de défi :

– Le Ba'haï et ses alliés nous craignent. Qui nous prouve que tu n'es pas des siens ?

– Ma bonne foi, répondit Anne avec un sourire glacial. Et aussi le fait que je pourrais me débarrasser de vous deux sans difficulté.

D'autres guerriers s'étaient approchés et assistaient sans mot dire à cet échange tendu.

– De tous ceux qui sont avec nous, également ? ironisa l'homme.

– D'eux aussi.

La calme détermination de la jeune fille parut l'ébranler. Il tendit la pointe de son javelot vers la gorge d'Anne.

– Maintenant, tu vas te taire et nous suivre sans...

Elle se déplaça trop vite pour qu'ils aient le temps de réagir et frappa. Avant que leurs corps aient touché terre, elle bondit, évita les coups de sabre que deux nomades tentèrent de lui porter et les étourdit. Comme les autres reculaient, elle croisa les bras et ordonna :

– Conduisez-moi à votre chef.

Ses adversaires, saisis de crainte, ne bougeaient pas.

– Conduisez-moi à votre chef, répéta-t-elle, ou j'irai le chercher moi-même.

Le sentiment de sa supériorité la submergeait. Son corps lui obéissait à la perfection, ses réflexes et sa force dépassaient l'entendement. Qui sait si ce Ba'haï qui impressionnait tant ce peuple de guerriers serait capable de rivaliser avec elle ? Elle se sentait de taille à conquérir un empire.

Ses yeux se posèrent sur les deux hommes qui gisaient à ses pieds. Du sang coulait de leur nez et elle en éprouva une joie farouche.

S'il existait un bonheur de combattre, elle en faisait l'expérience.

Subjugués, les nomades la conduisirent au centre de leur bivouac. Un homme sans âge se tenait assis sur un billot de bois poli. D'une oreille à l'autre, son cou portait la trace d'une profonde cicatrice et la jeune fille se demanda comment on pouvait survivre à une blessure aussi atroce.

Il dévisagea la nouvelle venue puis dit avec simplicité :

– Je me nomme Nour. Qui es-tu et qu'attends-tu de nous ?

La jeune fille sourit, dévoilant ses canines acérées.

– Mon nom est Anne. En d'autres temps, peut-être aurais-je souhaité prendre ta place et conduire ta tribu au combat pour renverser le Ba'haï. Je te prierai simplement de me fournir un guide qui me mènera à la ville la plus proche.

Nour soupira.

– Renverser le Ba'haï... Crois-tu que tes acrobaties l'intimideraient ? Tu as vaincu quatre de mes guerriers. Cela fait-il de toi un danger pour le seigneur de Gayian ?

Comme la jeune fille affectait un silence hautain, il reprit :

– Il t'ôterait la vie avant que tu esquisses un geste. Mais sans doute n'en prendrait-il même pas la peine. Ses yab'chaïns sont plus nombreux que les herbes de cette prairie. Peut-être en tuerais-tu une dizaine mais ils te massacreraient avant que tu ne te sois approchée de leur maître. Combien sont-ils à avoir voulu se mesurer à lui ? Leurs os pourrissent depuis longtemps et le Ba'haï est toujours sur son trône. Il se moque du temps et des hommes.

Un grognement irrité lui échappa.

– Qu'importe, je te donnerai un guide !

Il observa le groupe des nomades qui les entourait, s'arrêtant sur l'un, hésitant sur un autre. Enfin, il sourit.

– J'ai une meilleure idée. Je serai ton guide. Il me plaît de voir jusqu'où te conduira ta folie. Nous partirons demain à l'aube. Dis-moi ce que tu cherches.

– J'ai été séparée de mes compagnons et je veux les retrouver. Nous avons une mission à accomplir.

Nour lui indiqua une bille de bois posée face à lui et l'invita à s'asseoir.

– Accepterais-tu de me parler de cette mission ?

La jeune fille acquiesça.

– Auriez-vous connaissance de mains étranges, taillées dans une pierre rouge et maléfique ? Nous voulons les rapporter dans notre monde.

Autour d'elle, les nomades qui s'étaient assemblés pour écouter ses propos s'étaient figés, frappés de terreur.

Leur chef hocha lentement la tête.

– Si c'est là votre mission, je ne peux que souhaiter que vous réussissiez. Je sais où se trouvent ces mains. Tout le monde le sait, d'ailleurs. Elles sont à Gaïnj'Pur, la cité du Ba'haï

Le cœur d'Anne s'emballa.

– Et me conduirez-vous à Gaïnj'Pur ?

Nour éclata de rire.

– Si tu le souhaites. Mais c'est à la mort que tes compagnons et toi courez, car jamais le Ba'haï ne s'en séparera.

Il saisit une pièce de viande grillée dans un plat posé devant lui et précisa :

– Ce sont ses mains.

LES YAB'CHAÏNS

Quentin enjamba une grosse racine qui courait sur l'humus. Autour de lui, des arbres de dimensions et de formes innombrables. Troncs élancés, trapus, lisses ou crevassés se dressaient vers le ciel comme les piliers d'une cathédrale. Le sol, couvert de larges plaques de mousse olivâtre, se teintait par endroits d'or et d'argent. Une lumière verte tombait des frondaisons, adoucissant les reliefs. De loin en loin, des chants d'oiseaux balisaient un espace qui lui sembla sans limites.

Le murmure d'un ruisseau attira son attention et, après avoir franchi une faible déclivité, il arriva sur ses berges herbues, couvertes de hautes tiges duveteuses. Il étancha sa soif et tenta de composer à nouveau un sort de recherche. Pas plus que la première fois, il ne parvint à localiser ses compagnons.

Où étaient-ils ? Que faisaient-ils ? Refusant de céder à l'inquiétude, Quentin piqua la mousse de son bâton et reprit sa marche dans la forêt immobile.

Le layon qu'il suivait céda la place à un tapis de feuilles mortes, rousses et craquantes. La voûte des arbres s'était épaissie et la luminosité diminua à tel point qu'il se demanda si le soleil se couchait. Il ne pouvait l'apercevoir, tant le feuillage était dru et sombre. Çà et là, d'épais buissons dessinaient autant d'obstacles qu'il lui fallait contourner pour progresser.

Soudain, il se figea, conscient d'un changement subtil. Le silence n'était plus le même. Il était plus dense, plus menaçant et il eut la conviction que quelqu'un le guettait. Il fit une dizaine de pas prudents dans les fougères et s'accroupit dans l'ombre d'un massif épineux pour observer les lieux.

Personne.

Il allait se redresser quand un objet froid se posa sur sa gorge tandis que des doigts fermes agrippaient son épaule, lui interdisant tout mouvement. Quentin baissa les yeux. Une lame luisait dans la pénombre. Un geste de sa part et elle l'égorgeait. Au même instant, une voix familière s'éleva :

– Vous êtes assurément un grand sorcier, Quentin, mais un piètre guerrier. Un écuyer aurait raison de vous !

– Et un Templier ?

Le corps de Quentin se dilua et Ogier découvrit avec surprise que le sorcier se tenait à dix pas de lui, son épée à la main.

– La meilleure façon de vaincre un mage est de le tuer à la première occasion ! lança le jeune homme.

L'épée étincela et se volatilisa. Aussitôt, Ogier en sentit le poids sur sa hanche.

Dans un éclat de rire, les deux compagnons franchirent la distance qui les séparait et s'étreignirent avec joie.

– Je me voyais errant pour l'éternité dans cette forêt ! s'exclama le Templier. Seul et abandonné de tous.

– Cette idée m'a aussi traversé l'esprit, reconnut Quentin. D'ailleurs, nous n'en sommes pas sortis, mais au moins nous sommes deux. Avez-vous trouvé des signes de présence humaine ?

– Aucun. En revanche, j'ai croisé un animal de la taille d'un sanglier qui a déguerpi quand j'ai tiré mon épée. Et vous ?

– Personne.

Ogier posa la main sur son estomac.

– Nous devrons également penser à nous restaurer. Voilà des heures que je n'ai rien avalé et mon ventre crie famine. Votre magie peut-elle susciter quelque cuissot de cerf cuit à point ?

– Ce serait trop beau ! répondit Quentin. Il faudra nous contenter de ce que nous trouverons. Vous sentez-vous le courage de marcher jusqu'à la tombée de la nuit ?

Le Templier le contempla avec amusement.

– Jeune homme, mon endurance va vous surprendre !

La lumière s'affadissait quand ils sortirent de la forêt et découvrirent un paysage de champs baignés par la lumière de trois lunes disposées en triangle.

Elles dispensaient une vive luminosité et Quentin constata qu'elles dessinaient trois ombres à ses pieds. Ils restèrent d'abord muets, saisis par la beauté du spectacle, puis Ogier désigna une dizaine de points lumineux regroupés dans la plaine.

– Regardez, là-bas, un hameau ! Pour peu que les traditions d'hospitalité aient une valeur sur ce monde, nous ne passerons pas la nuit à la belle étoile.

Quentin hochait la tête quand des cris venant de leur gauche attirèrent leur attention. Ils se précipitèrent. Une dizaine d'individus de très haute taille menaçaient un couple de leurs sabres recourbés. L'homme était grand et bien découplé, et sa longue chevelure nouée en nattes. La femme, petite et menue, se tenait devant lui, comme pour le protéger. Une épaisse crinière ébouriffée la coiffait. Lorsqu'un de leurs assaillants tenta de la frapper de son arme, elle se déplaça à une vitesse effarante et le percuta du pied. Le bruit sec d'un os qui se brise parvint à leurs oreilles.

– C'est Rak ! s'exclama Quentin.

– Visiblement, elle n'a guère besoin de nous, commenta Ogier. Cependant, les devoirs de la chevalerie imposent de lui porter assistance. Ces hommes sont armés selon mon cœur et mon épée languit dans son fourreau. Elle a soif de bataille.

Il tira son arme et, poussant un : « Pour les chevaliers francs ! » sonore, se précipita vers leurs adversaires. Quentin le suivit tandis que de minces étincelles bleuâtres crépitaient le long de son bâton. Depuis son passage dans le ventre de la Pondeuse et ses retrouvailles avec Jacques Guernière, la magie qui l'habitait était puissante. Il la comprenait et la maîtrisait comme jamais. Pourtant, la perspective de combattre ne lui procurait aucun plaisir et le sentiment qu'il portait un vêtement trop grand pour lui le poursuivait.

Alertés par le bruit de leurs pas, les géants se retournèrent, tendant vers eux des museaux aplatis. Leur peau, couleur de sang caillé, était comme grêlée par une ancienne maladie et leurs corps musculeux, moulés dans des vêtements de cuir écarlate, dégageaient une formidable impression de force. La plupart avaient des arcs à l'épaule. Sur leur buste, était frappé un symbole qui arracha un cri de surprise à Quentin : deux mains stylisées aux griffes démesurées.

Trois se jetèrent sur Ogier. Bien qu'il fût lui-même bâti comme un colosse, il paraissait près d'eux de stature modeste. Ce qui ne l'empêcha pas d'éviter leurs lames et de faucher le premier en rugissant. Il entailla profondément le bras de son adversaire mais celui-ci ne lâcha pas son sabre et frappa de taille, manquant éventrer le Templier qui para et riposta d'un furieux coup d'estoc.

Profitant de cette arrivée inopinée, Rakshasa s'empara d'une arme tombée à terre et bondit sur un des géants. L'homme aux longues nattes semblait tétanisé par la peur. Il ne trouva pas la force de se sauver quand l'un de leurs adversaires se jeta sur lui en grondant. Il allait le décapiter quand un éclair blanc jaillit du bâton de Quentin et imprima un sceau noirâtre sur son front. Tandis qu'il s'effondrait, cinq des créatures se jetèrent sur le sorcier, le forçant à reculer, tandis que quatre autres encerclaient Ogier et Rakshasa.

« On dirait des bêtes sauvages ! » pensa Quentin en les voyant montrer les crocs. La mort de leur compagnon ne les avait pas effrayés et ils se battraient jusqu'à leur dernier souffle. Leurs sabres fendirent l'air et furent à deux doigts de le lacérer. Il esquiva leurs coups, hésitant à faire de nouveau usage de la force, mais deux d'entre eux encochèrent une flèche dans leurs arcs et les tendirent.

D'un geste, il les anéantit.

Il n'eut pas à se porter au secours de ses compagnons. Ceux-ci avaient déjà taillé en pièces leurs adversaires. Poussant un cri de joie, Rakshasa se nicha dans ses bras.

– Tu m'as manqué, beau gosse ! susurra-t-elle en lui ébouriffant les cheveux.

Puis elle feignit de regarder autour d'elle avec une moue effrayée et lui plaqua un baiser sur les lèvres.

– J'ai intérêt à en profiter avant qu'on ne retrouve Anne. Elle n'apprécierait pas mes témoignages d'amitié et serait capable de me mordre !

Quentin la repoussa en riant.

– En tout cas, tu n'as pas changé, n'est-ce pas Ogier ?

Le Templier les contemplait avec un bon sourire, les joues encore rosies par l'intensité du combat.

– Votre science des armes vous honore, ma chère ! Vous vous êtes débarrassée de ces gaillards en vous jouant.

– J'ai vécu assez longtemps et sous suffisamment de formes pour apprendre et me souvenir ! répondit-elle. Mais si je vous présentais Amal, mon compagnon ? Il est à croquer.

Elle rejoignit le jeune homme qui n'avait pas bougé, le regard fixé sur les corps sans vie qui gisaient à terre. Ses vêtements de toile grise, simples et amples, mettaient en valeur sa haute taille et ses formes athlétiques. Ses longues nattes blanches encadraient un visage d'une très grande beauté. Quand il releva les yeux, ses pupilles brillèrent comme celles d'un félin.

– Je vous dois la vie, balbutia-t-il, et je vous en serai toujours reconnaissant, mais il faut que nous fassions disparaître ces cadavres au plus vite. S'ils les trouvent, ils massacreront tous ceux des villages avoisinants.

– Qui ça, « ils » ? interrogea Rakshasa.

– Les frères de ceux que vous avez tués, répondit Amal. Les yab'chaïns !

AMNÉSIE

Elle se redressa brusquement et s'assit dans la pénombre. La tête lui tournait et elle était incapable de se souvenir de qui elle était. Bientôt, son vertige se dissipa et elle constata qu'elle se trouvait dans un lit. La température était exquise et un parfum aromatique flottait dans l'atmosphère.

Après quelques secondes, elle commença à distinguer les éléments du décor qui l'entourait. Une fenêtre encadrée par de lourdes tentures, un brasero qui répandait une faible luminosité. Un cadre au mur. Une porte entrouverte sur un couloir obscur.

Cet ameublement quasi monacal lui convenait, sans qu'elle sache pourquoi. Prenant appui sur ses mains pour se lever, elle éprouva une légère douleur dans la paume droite. Elle la palpa avec précaution et sentit la boursouflure d'une cicatrice récente. Où et quand s'était-elle blessée ? Et pourquoi ne se le rappelait-elle pas ?

Quittant le lit, elle s'approcha du brasero. Une torche était fixée sur l'un des pieds. Elle l'enflamma et la promena autour d'elle.

La pièce dans laquelle elle s'était réveillée était tendue de toile prune. Les draps du lit, d'un indigo profond, avaient le brillant de la soie. Ce qu'elle avait pris pour un tableau était un miroir. Le cœur battant, elle y chercha son reflet.

Elle fut frappée par la beauté du visage qu'elle rencontra. Il était d'un ovale parfait, éclairé par de grands yeux verts qui la fixaient avec surprise. Sa chevelure, opulente et noire, croulait en flots épais sur ses épaules. Elle porta la main à sa joue. Sa peau était si fraîche, si soyeuse, qu'elle ne put retenir un frémissement d'étonnement.

Fichant la torche dans un support rivé au mur, elle alla s'asseoir sur le lit. Sur le sol était posé un bâton couronné d'une médaille de bronze. Le bois était dur, lisse et poli par l'âge et l'usage. Elle le saisit et l'observa. Sa surface, gravée de signes à peine lisibles, comme effacés par le temps, était suave au toucher. La médaille, sans ornement d'aucune sorte, ne lui apprit rien sur l'origine de l'objet. Pourtant, le tenir lui apportait une sensation de plénitude, comme si ce bâton l'irriguait, infusait dans son corps une vigueur surnaturelle.

Lui appartenait-il ? Il était difficile d'en douter.

Cédant à une impulsion soudaine, elle en posa l'extrémité sur son front. Alors, jaillis d'une part d'elle-même qui lui échappait, les souvenirs affluèrent. Rares et décousus dans un premier temps, puis de plus en plus nombreux, de plus en plus précis, déferlant avec une telle force qu'elle recula, saisie par un étourdissement.

Lorsqu'elle reprit ses esprits, Violaine avait retrouvé son identité et la mémoire de son passé. Elle savait que, grâce aux Passeuses, elle avait gagné le monde où Yaqub Ibn Ruchd avait précipité les mains de Baalzébuth. Mais que s'était-il passé entre le moment où elle avait quitté le désert et son réveil ? Quand elle avait perdu connaissance, le poison de cette maudite plante courait dans ses veines. Quelqu'un lui avait donné à boire et...

Elle leva ses mains devant ses yeux et les contempla. Leur peau était exempte des flétrissures de l'âge. Par quel miracle possédait-elle l'apparence de ses dix-sept ans ? Elle convint que c'était son vœu le plus cher depuis ses retrouvailles avec Quentin mais son maître, Jacques Guernière, lui avait appris qu'il ne suffisait pas de vouloir pour obtenir et que les sorciers, même les plus puissants, devaient accepter la vieillesse et la mort.

Quentin s'inquiétait-il de son sort ? La cicatrice qui couturait sa paume l'élança quand elle se souvint d'Anne. Il devait surtout songer à celle qui occupait son cœur.

Irritée, Violaine retourna devant le miroir et interrogea son reflet. Avait-elle été consciente de sa beauté lorsqu'elle avait dix-sept ans ? Rien n'était moins certain. À l'époque, elle n'avait guère eu l'occasion de s'observer dans une glace et c'est le regard des autres qui la lui avait révélée plutôt que le sien propre.

Et dans le regard de Jacques, qu'avait-elle lu ?

Ses yeux s'embuèrent. Était-il possible de rattraper le temps perdu, de réécrire le passé ? Pourrait-elle renouer avec Quentin le fil brisé par sa faute, par la mort de Jacques ? Il lui semblait que si elle y parvenait, sa vie prendrait enfin un sens.

Bien sûr, il y avait Anne, cette fille dont il s'était entiché. Sa colère bouillonna au souvenir de leurs silhouettes enlacées. Désormais, elle se sentait de taille à rivaliser avec cette péronnelle. Quitte à...

Un froissement dans son dos l'alerta. Violaine se retourna. Un jeune homme vêtu d'une tunique pourpre nouée à la taille par une ceinture de cuir se tenait dans l'encadrement de la porte. Des collants noirs et de hautes bottes de cuir mettaient en valeur ses jambes musclées. Son visage mince, encadré de cheveux noirs, était estompé par la pénombre mais elle le reconnut.

– Azael !

Elle leva son bâton et le rabaissa presque aussitôt. Curieusement, elle n'éprouvait aucune agressivité à son égard mais une intense curiosité mêlée d'un sentiment de...

Violaine passa la main sur ses joues et devina qu'elle s'empourprait. Comment pouvait-elle avoir de la reconnaissance envers leur pire ennemi !

– Suis-je vraiment ton ennemi ? interrogea Azael avec douceur. Je t'ai permis de vivre plus longuement que quiconque. Je t'ai sauvé la vie. Je t'ai redonné la jeunesse et je t'offrirai encore bien davantage si tu le désires.

Il fit trois pas vers elle, s'arrachant à l'obscurité. La cicatrice dans sa main la picota et Violaine se laissa prendre au piège de ses yeux noirs. Ils n'étaient pas malfaisants comme elle se l'était imaginé mais calmes, attentifs. Voilà si longtemps que l'on ne l'avait regardée ainsi.

– Peut-on se renier soi-même ? interrogea Azael si bas que Violaine fut obligée de se pencher pour l'entendre. Démons et sorciers ont toujours fait alliance au cours des siècles. Nous sommes d'une autre espèce que les humains. Gilles, ton père, était un être exceptionnel, comme l'était ta mère, la Galafre.

– Cela vous autorise-t-il pour autant à vouloir la perte de l'humanité ? souffla-t-elle.

– Fadaises ! s'exclama Azael.

Il chercha le regard de son interlocutrice et la gratifia d'un sourire enjôleur.

– Les hommes ont-ils fait de leur Terre un paradis, un monde de justice et d'équité ? L'ont-ils préservée ? Ont-ils supprimé les guerres, la misère, la pauvreté, l'iniquité ? Crois-moi, mon Maître souhaite voir l'éclosion d'un ordre nouveau, d'un univers épuré où chacun trouvera la place qui lui appartient.

Il désigna le miroir.

– Vois comme tu es belle ! Et cette beauté, tu ne la dois à personne. Elle est tienne. Qui saurait y résister ?

Tendant la main, Azael caressa sa joue et Violaine ne chercha pas à éviter ce contact.

– Quentin sera à toi. Et tous deux, vous serez des princes dans le royaume qui s'annonce.

Violaine se tourna vers le miroir. Son reflet lui souriait. Sa peau avait le velouté d'un tissu précieux et ses yeux verts étincelaient. Azael avait raison. Mille fois raison !

Quentin lui appartiendrait et le futur aurait un sens.

Le sens qu'elle lui donnerait.

VA'HILINOR

Nour pensait qu'Anne ne soutiendrait pas le rythme qu'il lui avait imposé depuis leur départ. Il était un nomade et, depuis qu'il savait se tenir sur ses pieds, il avait inlassablement arpenté les steppes. Il pouvait marcher des jours durant sans prendre de repos, sans presque rien boire ni manger. Personne, en dehors des siens, n'était en mesure de supporter de tels efforts et de telles privations.

Personne, hormis cette jeune fille tombée de nulle part.

Le soleil était haut dans le ciel et cuisait son front bruni. Il attendit qu'ils aient atteint un bosquet pour s'asseoir à l'ombre des arbres et étancher sa soif.

– Nous atteindrons Va'hilinor ce soir. Il ne devrait pas nous être trop difficile de trouver un bateau qui nous emmènera de Va'hilinor à Gaïnj'Pur. Prions pour ne pas croiser le chemin des yab'chaïns.

– Ce serait plutôt à eux de prier pour ne pas croiser le mien.

Elle avait prononcé ces mots avec un tel détachement que Nour comprit qu'elle n'y mettait aucune forfanterie.

– Ils sont dangereux.

– Pas autant que moi !

Anne s'éloigna et riva son regard sur la steppe. Ils avaient tourné le dos aux montagnes et se dirigeaient vers le soleil levant. Anne avait endossé la tenue des nomades : pantalon et justaucorps de cuir, bottes de peau. Elle avait refusé le long poignard que Nour avait voulu suspendre à sa ceinture. Le chef des nomades s'en était étonné ; la steppe n'était pas sûre et de nombreux dangers menaçaient les voyageurs.

– Je n'en ai pas besoin, avait-elle simplement déclaré.

Elle se baissa pour cueillir un brin d'herbe qu'elle porta à sa bouche et Nour fut de nouveau frappé par la grâce qui se dégageait de ses mouvements. On aurait dit un animal sauvage.

Cette jeune fille prétendait arracher ses mains au Ba'haï. Était-elle folle ou disposait-elle de pouvoirs insoupçonnés ? Nour se demanda s'il serait capable de l'affronter. Il secoua la tête. En dépit de son apparente fragilité, elle ne ferait qu'une bouchée de lui.

– Vous avez raison, lui lança Anne, comme si elle avait deviné ses pensées. Je pourrais vous briser aussi facilement que cela.

Joignant le geste à la parole, elle cassa en deux le brin d'herbe sèche qu'elle tenait entre ses doigts. Quand elle se retourna vers lui, son regard était lointain et Nour fut surpris d'y lire une profonde détresse.

– Attendez-moi ici ! ordonna-t-elle.

Son corps se ramassa en une forme noire et ailée qui monta en flèche vers le ciel.

Stupéfait, le nomade essaya de suivre le point minuscule qui s'éleva de plus en plus haut et disparut, comme avalé par la voûte céleste.

– Quelque chose est en train de se passer, murmura-t-il. Quelque chose que je ne comprends pas mais qui pourrait tout bouleverser.

La nuit approchait quand ils franchirent les portes de Va'hilinor, une cité fortifiée construite en bordure d'un fleuve. D'imposantes galères le parcouraient, transportant hommes et marchandises. Anne et Nour avaient passé de longues djellabas couleur sable, à la mode des habitants du pays, afin de dissimuler leurs vêtements de nomades.

– Nous dormirons dans une auberge dont je connais le propriétaire, annonça Nour. Il accueille de nombreux capitaines de navire et sera de bon conseil pour nous aider à embarquer demain.

C'est avec un respect presque religieux qu'il s'adressait désormais à Anne. La métamorphose dont il avait été le témoin l'avait ébranlé et la jeune fille lui apparaissait auréolée d'un nouvel éclat. Personne ne possédait de tels pouvoirs sur Gayian. Personne, à l'exception du Ba'haï.

Ils avancèrent à travers les rues de la ville.

– Cette cité est riche, expliqua le nomade. Tout le commerce entre le nord et le sud se traite ici.

Il acheta deux pains torsadés à un marchand ambulant et en tendit un à la jeune fille qui le remercia d'un signe de tête.

– Qui est le Ba'haï ? lui demanda-t-elle à brûle-pourpoint, tandis qu'ils remontaient une avenue bordée de cabarets d'où s'échappait une musique criarde.

– Nul ne le sait, répondit Nour.

Il contempla pensivement son pain et l'offrit à un gamin qu'ils croisaient.

– Voilà près de mille ans qu'il règne sur notre monde, bien trop longtemps pour que quiconque se souvienne d'un passé si lointain. On le décrit comme un géant à la peau écarlate, aux mains griffues. Certains prétendent qu'il fut un homme autrefois, d'autres affirment qu'il est un démon venu asservir notre monde.

– Et les yab'chaïns ?

Le visage du nomade se ferma.

– C'étaient des hommes libres que le Ba'haï a transformés en monstres privés de volonté.

– Tu prétends que le Ba'haï transforme des hommes en créatures inhumaines ?

– Je ne le prétends pas, je l'affirme, répondit le nomade avec colère. Nombreux sont ceux qui ont perdu un fils, un frère, un cousin par sa faute.

Ses épaules se voûtèrent et Anne comprit que ses explications éveillaient en lui des souvenirs douloureux.

– À quoi ressemblent-ils ?

– Tu les verras bien assez tôt ! Les yab'chaïns sont dangereux. S'ils nous remarquent, je ne donne pas cher de notre peau !

D'un geste de la tête, il lui indiqua une rue latérale. Ils l'empruntèrent puis suivirent une allée qui serpentait entre des maisons de bois. La foule se raréfia, et bientôt ils furent seuls, comme si l'on avait fui les lieux où ils se rendaient. Après une centaine de pas, ils arrivèrent sur une place. Nour recula en hâte. De hautes silhouettes en occupaient le centre.

– On va prendre une autre…

Ses paroles moururent sur ses lèvres. Anne avait disparu. Ahuri, il devina une forme minuscule qui filait à tire-d'aile en direction du groupe.

Peu rassuré, le nomade attendait, rencogné dans l'angle d'une maison, quand une main se posa sur son épaule. Il tira son poignard, tenta de se retourner et retint un gémissement. On emprisonnait son poignet dans un étau de fer.

– Tout doux, Nour. C'est moi !

Surgie de la nuit, Anne lui souriait. Le nomade ravala sa surprise. Il courait les steppes depuis toujours, il pouvait discerner le piétinement menu d'un rongeur dans les hautes herbes, le moindre bruissement d'air annonciateur d'un danger, et il ne l'avait pas entendue approcher ! La jeune fille le lâcha et lui fit signe de la suivre. Ils s'éloignèrent rapidement à travers le dédale de ruelles désertes qui ceinturaient la place.

– Je les ai observés, expliqua Anne. Ce ne sont plus des hommes. À vrai dire, je ne sais pas ce qu'ils sont.

Son compagnon acquiesça.

– Ils ignorent la peur et leur force est immense. Si nous…

Ses mots s'étranglèrent. La main d'Anne avait jailli pour saisir la flèche qui allait se ficher dans sa gorge. À l'extrémité de la ruelle, deux yab'chaïns les menaçaient de leurs arcs.

– Ils nous ont repérés ! gronda Nour en saisissant son poignard.

Derrière eux, un claquement de semelles retentit. Trois yab'chaïns se précipitaient pour les prendre en tenaille.

Ils n'eurent pas le temps de les rejoindre. D'un bond, Anne franchit la distance qui les séparait d'eux et les frappa avant qu'ils aient esquissé un geste de défense.

– À terre ! hurla-t-elle, tandis qu'à l'autre bout de la ruelle, les deux yab'chaïns lâchaient leurs traits.

Elle donna à Nour une bourrade si violente qu'il s'effondra. Les flèches sifflèrent au-dessus de sa tête et se plantèrent en vibrant dans les volets d'une fenêtre. Quand il se releva, la jeune fille contemplait à ses pieds les corps des yab'chaïns. Ils tressautèrent quelques secondes puis s'immobilisèrent.

– Il n'y en a pas d'autres ! lâcha-t-elle sur un ton méprisant. Ces crétins nous ont pris pour des maraudeurs dont ils ne feraient qu'une bouchée.

Ses lèvres se retroussèrent sur ses dents aiguës. La violence du combat et l'odeur du sang l'avaient transfigurée. Le nomade frissonna quand elle laissa tomber sur un ton narquois :

– Ils ont eu tort. Maintenant, ne traînons pas.

Les trois lunes se reflétaient dans l'eau du port et les navires amarrés sur les quais se balançaient au rythme lent du fleuve prisonnier des jetées. C'étaient de longues galères aux formes effilées, taillées pour la vitesse. Pour l'heure, leurs rames avaient été rentrées et leurs voiles carrées, carguées.

D'ordinaire, des tavernes voisines montaient des rires et des chants. Ce soir le silence régnait et de hautes silhouettes patrouillaient, surveillant les navires à destination de la capitale afin que personne n'y monte sans autorisation.

Abandonnant le faîte d'une maison, Anne glissa le long des tuiles et rejoignit Nour accroupi à l'ombre d'une cheminée.

– Ils sont au moins une centaine, chuchota-t-elle. Je vais les attirer loin d'ici. Pendant ce temps, tu te faufileras dans une de ces galères et je te rejoindrai. Combien de temps nous faudra-t-il pour rejoindre Gaïnj'Pur ?

– Deux jours.

Anne sourit.

– J'ai hâte de retrouver mes compagnons et de prendre les mains au Ba'haï.

Nour posa la main sur le manche de son couteau.

– Ce jour-là, me laisserez-vous seul avec lui ?

Anne observa le nomade. Ses yeux brûlaient de haine. Il lui semblait la voir s'écouler de lui, irriguer la nuit entière. La chauve-souris sur son épaule devint brûlante et l'ivresse du combat la reprit.

– S'il est encore vivant, murmura-t-elle avant de bondir dans la rue.

L'OMBRE

Les trois plantes ont résisté à l'assaut du vent.

À la chaleur du désert.

Elles ont grandi, atteignant la taille d'un arbuste.

Leurs racines se sont enfoncées loin dans le sable. De leurs troncs ont jailli des fines branches qui se sont couvertes de fleurs écarlates.

Une ombre dense s'étend à leurs pieds.

Une ombre où Nicolas s'abrite.

Là, il parvient à oublier le désert, les dunes qui s'étendent jusqu'à l'horizon, les bourrasques brûlantes.

La soif.

Ses pensées s'évadent.

Parfois, il lui semble entrevoir Quentin.

Parfois, c'est une jeune fille aux cheveux bruns qui se profile dans sa conscience.

Parfois enfin, c'est sa mère qu'il devine penchée sur lui. Elle caresse son visage mais il ne sent pas ses doigts sur sa peau.

L'image de la jeune fille s'impose à son esprit plus souvent que celles des autres. Pour une raison incompréhensible, il la devine liée aux trois plantes. Sa vigueur les irrigue, leur permet de lutter, de s'imposer dans ce désert qui ne veut pas d'elles.

Qui est-elle et en quoi son destin concerne-t-il le sien ?

Nicolas se recroqueville et appuie son front sur un des troncs.

Une infime sensation de fraîcheur.

L'écho de cris et de combats dont il ne saura jamais rien.

Les larmes de sa mère qui pleuvent et le raniment.

L'espoir.

CELLE-QUI-A-SURVÉCU

– Imaginez que j'étais perdue sur cette lande lorsque j'ai croisé ce charmant jouvenceau, raconta Rakshasa.

Ils avançaient sur un étroit chemin bordé par une haie vive. Au loin, quelques lumières signalaient la présence du hameau où les conduisait Amal.

– Ému par ma détresse, il m'a proposé de m'emmener chez lui et de m'offrir le gîte et le couvert. Et tout ce que j'aurais pu souhaiter d'autre, n'est-ce pas ?

Le jeune homme émit une réponse inintelligible et haussa les épaules.

– C'est alors que ces grosses montagnes de muscles nous sont tombées dessus. À un moment que l'on pourrait qualifier de délicat...

Rakshasa lança un clin d'œil espiègle à Amal et Quentin et Ogier retinrent un rire.

– Ce qui ne nous aurait pas empêchés de n'en faire qu'une bouchée et de reprendre notre conversation là où nous l'avions interrompue.

Amal toussa dans son poing et tenta d'adopter une attitude dégagée pendant qu'elle concluait :

– Enfin, tout est bien qui finit bien, même si je reste sur ma faim.

Il y eut un moment de flottement tandis qu'Ogier et Quentin se demandaient quel sens exact attribuer à cette phrase. Comme Amal toussait de plus belle, Quentin interrogea :

– Qui sont ces êtres et que voulaient-ils ?

Les quintes s'interrompirent aussitôt et le jeune homme observa le visage de son interlocuteur, semblant y chercher la certitude que celui-ci ne connaissait pas les adversaires dont il s'était débarrassé.

– Ce sont des yab'chaïns, dit-il enfin. Ils sillonnent le pays à la recherche d'hommes jeunes et forts pour les enrôler de force. La paix du Ba'haï suppose une armée innombrable. Sans votre intervention ils m'auraient enlevé.

Sa voix se réduisit à un filet.

– Et si le Ba'haï avait apposé ses mains sur mon front, je serais devenu l'un des leurs.

– Quel gâchis ça aurait été ! s'exclama Rakshasa.

Elle effleura la joue du jeune homme.

– Mais pour l'heure, mes amis et moi serions ravis que tu nous parles un peu plus longuement de ce Ba'haï et de ses guerriers.

Le village d'Amal était composé d'une quarantaine de maisons qui dessinaient deux ovales accolés l'un à l'autre.

Elles avaient un aspect satiné qui surprit Quentin. Quand il toucha l'un des murs bruns, il constata qu'il n'était ni de pierre ni de bois mais comme moulé dans une substance douce et élastique. Un parfum léger en montait.

Amal frappa à l'une des portes et, sans attendre de réponse, les fit entrer. Ils découvrirent une pièce spacieuse et ronde, éclairée par la cheminée et les lampes à huile suspendues aux poutres du plafond. Les murs avaient la même apparence duveteuse qu'à l'extérieur. À leur base, étaient disposés des coffres bas et allongés. Les membres de la famille d'Amal, assemblés autour d'une table, se levèrent en les voyant entrer.

Une femme se précipita vers Amal et, à l'expression soulagée qui animait ses traits, Quentin ne douta pas que ce fût sa mère, tant l'air de parenté avec le jeune homme était évident.

– Où étais-tu passé ? J'étais morte d'inquiétude ! On m'a dit que des yab'chaïns rôdent.

– Je les ai croisés, répondit le jeune homme. Ils m'auraient enlevé si ces étrangers ne les avaient massacrés.

Une exclamation de stupéfaction s'éleva derrière eux. Deux hommes quittèrent la table et s'approchèrent. Comme Amal, ils étaient vêtus de braies et de bliauds gris et leurs longues chevelures blanches étaient tressées.

– Deux adolescents aux mains nues et un homme armé d'une épée auraient vaincu les guerriers du Ba'haï ! s'écria le plus âgé. C'est impossible !

Quentin jeta sur la table un lambeau de cuir écarlate orné de deux mains griffues.

Tous quittèrent leurs sièges pour l'observer. Le silence succéda aux murmures étouffés.

– C'est impossible, répéta l'homme.

Mais Quentin perçut que cette fois, son scepticisme était ébranlé.

– En ce qui me concerne, je ne doute pas de votre sincérité, déclara la mère d'Amal en prenant les mains de Quentin dans les siennes. Je me nomme Miliana et je n'aurai pas assez de ma vie pour vous témoigner ma reconnaissance.

Elle le serra sur son cœur, procéda de même avec Ogier et Rakshasa puis, après s'être enquise de leurs noms, elle les répéta à plusieurs reprises. Ils s'installèrent à table et Miliana nomma chacun des membres de sa famille.

Sur un signe qu'elle leur adressa, deux jeunes hommes apportèrent des écuelles, des couverts et des chopes de bois. Miliana les servit avant de reprendre sa place. Quentin se demanda si l'homme le plus âgé était le père d'Amal mais il jugea peu opportun de poser cette question.

Sur une requête de sa mère, Amal raconta sa rencontre avec Rakshasa, leur retour vers le village, l'arrivée des yab'chaïns et l'intervention de Quentin et d'Ogier. Il décrivit le combat avec sobriété, suscitant l'effarement lorsqu'il expliqua que Quentin avait tué ses adversaires d'un geste et que ses deux compagnons s'étaient débarrassés des leurs sans qu'ils soient capables d'opposer une défense digne de ce nom.

– Je devine, bien que vous parliez parfaitement notre langue, que vous n'êtes pas d'ici, déclara Miliana. Vos vêtements, vos noms, vos pouvoirs, sont d'ailleurs.

Les trois compagnons hochèrent la tête.

– Vous dire d'où nous venons ne vous apprendrait rien, répondit Quentin. En revanche, nous pouvons vous révéler la raison de notre présence sur Gayian. Nous cherchons des objets appartenant à notre monde. Ils ont causé beaucoup de mal sur Gayian et pourraient en causer bien plus encore, ici ou ailleurs, si nous ne les retrouvons pas.

Il désigna le morceau de cuir écarlate auquel personne n'avait osé toucher.

– Ce sont deux mains de pierre douées de pouvoirs maléfiques. Nous avons compris, en écoutant Amal, que le Ba'haï en tire sa force. Nous allons les lui reprendre.

– Personne n'est capable d'affronter le Ba'haï ! s'exclama un des hommes. Gayian lui appartient.

– C'était certainement vrai jusqu'alors, concéda Miliana. Mais Quentin, Rakshasa et Ogier savent beaucoup de choses que nous ignorons.

– Qui est le Ba'haï ? interrogea Ogier. Que pouvez-vous nous apprendre à son sujet qui nous aiderait à le vaincre ?

Miliana secoua la tête.

– Rien, et pourtant voilà près de mille ans qu'il règne sur Gayian. Il ne quitte guère son palais et a abandonné le pouvoir à ses conseillers, comme un jouet dont il se serait lassé. On ne sait pas davantage comment il est entré en possession des mains. Tout cela est si ancien…

– Et Celle-qui-a-survécu ? suggéra timidement Amal.

Il y eut quelques secondes de brouhaha et l'un des convives lança :

– Pourquoi embrouiller l'esprit de nos invités avec une légende ?

Ogier, qui se trouvait à la droite d'Amal, posa sa main sur l'épaule de son voisin et proféra de sa voix grave :

– En ce qui me concerne, je serai ravi d'entendre cette légende. Et ce nom est si évocateur ! Dans le monde d'où je viens, « Ceux qui ont survécu » sont des individus fort estimables.

– Il n'y a hélas pas grand-chose à en dire, déclara le jeune homme. On raconte qu'à deux jours de marche d'ici, au fond du lac de Till'un, vit une femme plusieurs fois centenaire qui connaît les secrets du Ba'haï. On raconte aussi qu'elle a fait vœu de se taire et que son chagrin est si profond que le lac est né des larmes qu'elle verse depuis mille ans.

– Personne ne l'a jamais vue, précisa Miliana, mais les anciens prétendent que, des siècles durant, les troupes du Ba'haï ont exploré la région et sondé le lac pour retrouver sa trace.

– Comment ajouter foi à ces sornettes ! tempêta l'un des hommes. Nous ne sommes ni des naïfs ni des ignorants.

Amal haussa les épaules et désigna Ogier, Rakshasa et Quentin.

– Ces deux-là ont vaincu quatre yab'chaïns en combat singulier. Celui-ci en a tué six d'un geste. Est-ce que ce sont des sornettes ? Est-ce que je suis un naïf ou un ignorant ?

Il s'adressa à sa mère :

– Accordez-moi de conduire ces trois étrangers jusqu'au lac de Till'un puis à la citadelle de Gaïnj'Pur. J'ai une dette envers eux.

– Ta dette est la mienne, répondit sa mère, et nous la paierons. Vous partirez à l'aube.

VÉRITÉ

L'arbre croulait sous les fruits. Rouges et dorés comme des pommes, ils répandaient un parfum de miel.

– Laisse-toi tenter, l'encouragea Azael, ils sont délicieux !

Le démon en cueillit un qu'il tendit à Violaine. Elle hésita puis le croqua à pleines dents. La pulpe était aussi juteuse et sucrée que son aspect le laissait augurer.

Le soleil était haut dans le ciel et l'air tiède empli de bruissements d'insectes. Pour ses premiers pas à l'extérieur, Azael l'avait conduite au centre du jardin qui s'étendait à l'arrière de la maison. N'eussent été les trois lunes qui avaient déserté le ciel aux premières lueurs de l'aube et ce soleil si blanc, Gayian aurait ressemblé à la Terre.

– Un vrai paradis, n'est-ce pas ?

La jeune fille acquiesça. Autour d'elle, ce n'étaient qu'arbres aux formes exubérantes, massifs éclatants et pièces d'eau claire et chantante. Le gazon était piqué de fleurs sauvages.

– Oui, c'est magnifique. Après l'épreuve du désert, je ne pouvais rêver endroit plus apaisant.

Violaine s'assit sur la margelle d'un bassin et mangea en silence tandis qu'Azael prenait place à ses côtés. Il portait une longue robe safran dont il rassembla les pans autour de ses jambes. Elle n'éprouvait aucun désagrément à le sentir si proche, à peine un léger picotement au creux de la paume qui s'effaça presque aussitôt.

Sur le miroir mat que lui tendaient les eaux, elle surprit son reflet et sourit. Habiter un corps neuf était une expérience saisissante. Chacun de ses gestes était souple, précis, harmonieux. Ses sensations lui semblaient plus intenses, plus variées. Elle goûtait le privilège d'être jeune et belle, précisément parce qu'elle avait ignoré qu'elle l'était autrefois. Retrouver ses dix-sept ans forte de tout ce qu'elle avait appris était plus qu'elle n'avait jamais souhaité.

– Tu es bien songeuse, constata Azael.

Comme la veille, sa voix était rassurante. Violaine hocha la tête.

– Il m'est difficile d'admettre ce changement. Il a été si soudain. Pourquoi est-ce que je me sens plus proche de vous à présent ?

Un éclat de rire fit écho à ses paroles.

– Parce que tu as compris où est la vérité.

– La vérité ? répéta Violaine.

Azael lui lança un regard pénétrant avant de répondre :

– Personne ne peut nier d'où il vient. Personne ne peut se couper de la lignée dont il est issu. La tienne est ancienne et forte, tant du côté de ton père que de celui de ta mère. Tu es née pour que le Seigneur des Mouches s'incarne. Accepte d'avoir une destinée hors du commun. Crois-tu appartenir au camp des humains ? Songe à la manière dont ils ont traité ta grand-mère, puis ta mère... Comme des pestiférées. Bien des malheurs auraient été évités si...

– Mais vous vouliez me sacrifier ! l'interrompit la jeune fille.

– En aucune façon. Juste prélever quelques gouttes de ton sang pour donner vie à la statue de mon Seigneur. Tu es appelée à vivre longtemps, Violaine. Très longtemps. Nous construirons un royaume éternel dont tu seras l'un des architectes. Toi, et ceux que tu aimes. Mais avant cela, la route sera longue.

– Qu'attendez-vous de moi ?

Le démon se pencha et plongea ses doigts dans l'eau comme s'il voulait saisir le reflet de son interlocutrice.

– Dis-moi où sont les jambes et les pieds de mon Seigneur.

Il agita doucement la main et la surface du bassin fut agitée de vaguelettes qui brouillèrent l'image de la jeune fille. Violaine se sentait sereine. Les propos d'Azael étaient justes. Sa place était-elle parmi les humains ? Rien n'était moins sûr.

– Les jambes sont enterrées dans un bois, non loin d'Orléans. Quant aux pieds, je les ai cachés au fond d'une grotte, près de Comberoumale.

– Bien, dit simplement Azael. Il ne reste qu'à nous emparer des mains.

– Où sont-elles ? s'étonna Violaine.

– Le maître de ce monde se les est appropriées. J'attends que Quentin les lui arrache.

Stupéfaite, la sorcière dévisagea le démon.

– Pourquoi ne pas les lui prendre vous-même ?

Azael haussa les épaules et Violaine perçut son embarras. Le démon craignait-il celui qui possédait les mains ? Étonnamment, elle en était certaine.

– Je te l'ai expliqué, dit-il enfin. Il sera plus approprié de laisser Quentin agir, puis de les récupérer. Mais pour cela, j'ai besoin de ton aide.

Une ombre passa sur le visage de Violaine.

– Me faudra-t-il trahir mes compagnons ?

– Tes compagnons ! Qui est Anne pour toi ? ironisa le démon. Elle t'a volé l'amour de Quentin et m'a trahi. Éprouverais-tu de la pitié à son égard ?

– Non, reconnut la sorcière.

– Alors elle aura le sort qu'elle mérite ! En ce qui concerne Quentin et Ogier, je suis certain que, tôt ou tard, ils nous rejoindront. Quentin refuse d'admettre que les Passeuses se sont servies de Jacques puis de lui. Le jour où cette évidence lui apparaîtra, il choisira ses véritables alliés.

Il prit la main de Violaine et parcourut du pouce la cicatrice qui couturait sa paume.

– Demain, tu gagneras la cité du Ba'haï et tu les chercheras. Ensuite, tu m'appelleras. Nos destins sont liés, Violaine. Par toi, j'ai échappé à la pierre, par toi, mon Maître vivra.

– As-tu besoin d'un chevalier servant, la belle ? Les rues de Gaïnj'Pur ne sont pas sûres, je me ferai un plaisir de te guider.

Violaine toisa celui qui lui avait adressé la parole avant de poursuivre sa route. Depuis qu'elle avait franchi les portes de la ville, elle avait refusé les offres d'au moins dix hommes. Sa jeunesse et sa beauté ne les laissaient pas indifférents et la couleur de sa chevelure était un sujet d'étonnement. On la croyait venue des lointaines provinces de l'ouest où les populations possédaient des crinières noires semblables à la sienne.

Elle avait quitté le village où Azael l'avait soignée et avait marché toute la journée pour gagner la capitale de l'Empire. Gaïnj'Pur était construite au bord d'un fleuve aux eaux brunes et s'enroulait comme une coquille d'escargot autour de la citadelle. Les maisons, bâties dans une pierre ocre, étaient coiffées de toits aux tuiles vernissées qui flamboyaient au soleil. Ses rues étroites et sombres rappelèrent à Violaine celles du Paris médiéval qu'elle avait tant aimé parcourir.

La forteresse du Ba'haï écrasait la ville de sa masse. Partout, les guerriers du Ba'haï, des géants à la peau rouge et grêlée, patrouillaient par groupes de huit. Sur leur justaucorps, les mains du Seigneur des Mouches étaient stylisées.

Avisant une auberge au bout de la rue, elle décida d'y prendre ses quartiers avant de chercher Quentin et ses compagnons. Comme elle en franchissait le seuil, un tremblement gagna sa main qui tenait le bâton et des pensées confuses l'agitèrent.

Sa cicatrice l'élança avant de dispenser des ondes de chaleur qui apaisèrent ses doutes aussi rapidement qu'ils étaient venus.

À une journée de marche de là, Azael reposa l'épée d'Arnaud de Blanquefort et sourit.

– Tu ne me décevras pas, Violaine, murmura-t-il. Je sais que tu ne me décevras pas.

LE LAC DE TILL'UN

L'aube était encore loin quand Ogier, Rakshasa, Amal et Quentin prirent la route de Till'un. Miliana avait tenu à ce qu'ils partent tôt. La présence d'étrangers risquait d'attirer l'attention des yab'chaïns, aussi valait-il mieux qu'ils disparaissent avant que quiconque les remarque.

Sous la conduite d'Amal, ils tournèrent le dos à la forêt et partirent en direction de l'est. Bientôt, la piste qu'ils suivaient serpenta dans l'herbe grasse, éclairée par la lumière rasante du soleil levant et ils abordèrent une plaine immense, semée de bosquets. Noyées dans une brume pourpre, de molles collines barraient l'horizon.

– Le lac de Till'un se trouve juste au-delà, expliqua Amal.

Abandonnant Quentin et Ogier, il hâta le pas pour parvenir à la hauteur de Rak, qui marchait en tête.

– Êtes-vous inquiet ? demanda le Templier. Je crois que vous n'êtes toujours pas parvenu à savoir où sont Anne et Violaine.

– Inquiet n'est pas le mot, répondit Quentin, elles savent se battre. J'espère simplement que nous les retrouverons à Gaïnj'Pur.

– Pourtant, je vous sens tourmenté.

Quentin observa son compagnon. Jamais, depuis leur première rencontre, il ne l'avait trouvé si plein d'allant.

De toute évidence, Ogier n'appréciait pas les temps modernes. En revanche, Gayian était conforme à ce qu'il avait connu : un univers dépouillé, à l'air lumineux et pur, exempt de gadgets technologiques. Un monde où porter une épée avait un sens.

– Comment ne pas l'être ? Mon frère est toujours prisonnier de la pierre. Azael est ici et cherche comme nous à retrouver les mains de Baalzébuth dont le Ba'haï a su utiliser la puissance.

– Est-ce vraiment ce qui vous préoccupe ? Vous possédez les pouvoirs d'un grand sorcier. Non, il y a autre chose.

La voix d'Ogier était basse, en attente d'une confidence.

À dix pas d'eux, Rak éclata d'un rire juvénile et détala, suivie d'Amal.

– Non, vous ne vous trompez pas. Anne a beaucoup changé. Violaine aussi.

Il s'interrompit un instant, puis ajouta :

– Elles se haïssent.

Ogier faucha l'herbe de la badine qu'il avait ramassée.

– C'est indubitable, confirma le Templier. Trop de rivalité entre elles. Trop de pouvoir peut-être.

En dépit de la douceur de l'atmosphère, Quentin frémit.

– Souvenez-vous que Simon a fini dévoré par le loup qui l'habitait.

– Et vous redoutez un sort identique pour votre amie ? Votre magie ne peut-elle vous permettre de prévenir un tel malheur ?

Quentin secoua la tête.

– Non. Azael lui-même ne peut lui arracher ce qu'il lui a donné. Pour qu'elle redevienne une simple humaine, il faut qu'il retourne dans la pierre. Et pour cela un…

Sa voix était sans force. Ogier le prit par l'épaule.

– Votre mère m'a expliqué cela. Un sorcier devra le reprendre en lui et disparaître. Vous pensez donc que Violaine ou vous devrez mourir ? Et cette prophétie que vous nous avez citée ? « *Celui qui effacera le nom du Seigneur des Mouches sera l'unique aux cent millions de bras.* » Qui vous dit que ce n'est pas cet unique qui renverra Azael dans la pierre ?

– Je n'ai aucune idée de qui il peut être, soupira Quentin. Grâce aux noûss, je suis retourné dans la bibliothèque de Babel[1] mais je n'y ai rien trouvé. Aucune archive ne l'évoque. J'en viens à me demander s'il ne s'agit pas d'une divagation du professeur Lavelanet.

Ogier observa Amal et Rakshasa. Ils se poursuivaient comme deux enfants et leur insouciance lui fit chaud au cœur. De grands combats les attendaient. De grandes peines aussi, à n'en pas douter.

1. Voir *Le Puits des âmes perdues.*

Il inspira et désigna le disque du soleil qui embrasait le ciel azur.

– Allons, mon garçon, vous voyez ce qu'aucun homme n'a vu avant vous. Vous éprouvez des sentiments plus forts que ceux de n'importe qui ! Croyez-moi, cette existence mérite d'être vécue !

Le soir approchait quand ils atteignirent les berges du lac. Tandis que ses compagnons allumaient un feu et préparaient le dîner, Quentin gagna une petite crique semée de galets bleus. Les eaux étaient aux trois quarts cernées par un écrin d'arbres aux troncs safran. Leur feuillage vert argent restait d'une immobilité de pierre.

Un silence étonnant habitait le paysage, comme si la nature était en attente. Le lac était muet et nul clapotis ne montait de sa surface miroitante.

– C'est étonnant, non ? Comment expliques-tu cette délicieuse quiétude ?

Rakshasa, qui l'avait rejoint, s'accroupit pour se laver les mains et boire.

– L'eau est salée ! s'exclama-t-elle. Comme des larmes...

Quentin s'appuya sur son bâton, observant les vaguelettes qui miroitaient au soleil couchant.

– Un sortilège a été tissé ici. Un très ancien sortilège. Il protège quelqu'un.

– Celle-qui-a-survécu ? suggéra Rakshasa.

– Venez manger, c'est prêt ! hurla au même instant Amal.

Durant le repas, Quentin ne prononça pas un mot mais ses yeux se tournaient souvent du côté du rivage.

Enfin, ce fut la nuit et les trois lunes s'élevèrent. Pas un souffle de vent ne troublait le calme surnaturel des lieux. Ils se laissaient engourdir par la chaleur des flammes lorsque Quentin s'écria :

– Écoutez !

Ses compagnons échangèrent des regards surpris tandis qu'il se levait et s'approchait de la rive.

– Vous n'entendez pas ? C'est très diffus. Presque un murmure.

– Je n'entends rien ! s'exclama Ogier. Et vous ?

Amal et Rakshasa secouèrent la tête.

Quentin posa son index sur ses lèvres puis il ferma les yeux.

Une voix s'éleva. Une voix de femme, lointaine et assourdie. S'approchant de la rive, il creva la surface de son bâton. Peu à peu, la voix devint audible. Il la comprenait. Mieux, elle lui expliquait comment la rejoindre.

– Attendez-moi.

Ils le virent faire un pas en direction du lac puis marcher à sa surface comme s'il était sur la terre ferme. Quand il eut atteint le centre, il se figea.

Ensuite, son corps s'enfonça et fut englouti par les profondeurs.

ÉNIGME

La pluie étirait son rideau gris et glacé sur Gaïnj'Pur. Le sommet de la citadelle avait disparu, avalé par les nuages. Ainsi tronquée, elle fit naître dans l'esprit de Violaine l'image d'un monstre trapu, accroupi sur ses pattes, prêt à se jeter sur la cité qui l'entourait et à la réduire en miettes.

Depuis deux jours, elle errait dans la capitale. Après l'avoir parcourue dans ses moindres recoins, elle n'y avait trouvé aucune trace de Quentin, de Rakshasa, d'Anne ou d'Ogier.

Trempée jusqu'aux os, Violaine entra dans la première taverne venue et, fuyant le comptoir où se pressaient des consommateurs bruyants, elle se dirigea vers une table placée sur le côté de la cheminée. Sous l'effet de la chaleur, ses vêtements commencèrent à fumer.

Du banc où elle s'était assise, Violaine contempla la salle. Haute de plafond, elle ressemblait à une coque de navire renversée traversée par une dizaine de larges poutres auxquelles pendaient des bouquets de plantes sèches et des quartiers de viande salée. La clientèle étanchait sa soif à renfort de chopes emplies d'une boisson mousseuse et pâle.

Quelques hommes lancèrent des regards appuyés dans sa direction mais elle les ignora. L'un d'eux cependant, encouragé par ses compagnons, prit place à sa droite et tenta d'engager la conversation. Il était de forte corpulence et vêtu de vêtements coûteux. Ses cheveux noués en queue de cheval encadraient un visage au menton empâté. Quand Violaine le fusilla du regard, il éclata d'un rire épais.

– J'aime les filles qui me résistent, la victoire n'en est que meilleure !

Ces paroles éveillèrent chez Violaine une colère ancienne. Voilà longtemps, en d'autres lieux, trois hommes lui avaient tenu des propos analogues mais à l'époque elle n'était qu'une gamine sans défense. Tandis qu'elle luttait pour maîtriser sa rage, des étincelles crépitèrent sur la médaille de bronze qui coiffait son bâton.

L'homme les observa sans s'émouvoir.

– Tu fais des tours de passe-passe ? J'adore ça, nous allons nous entendre !

Quêtant les regards de ses compagnons de table, il referma ses doigts sur la médaille et poussa un hurlement. Les conversations s'interrompirent et tous se tournèrent dans sa direction. Dompté par la douleur, l'homme contemplait l'ovale boursouflé que l'ornement avait dessiné dans sa paume. Il releva craintivement les yeux vers Violaine.

Celle-ci le dévisagea avec un air de défi et sourit. User de sa force pour remettre ce rustre à sa place lui avait procuré un vrai plaisir. Azael n'avait-il pas raison en définitive ? Pourquoi avoir enduré tant de souffrances, tant d'humiliations alors qu'il était si simple d'imposer sa loi ?

– Disparais ! ordonna-t-elle.

Elle se tourna vers le feu comme si l'homme avait déjà quitté ses pensées. Tenant sa main douloureuse, il se leva en vacillant et sortit de l'auberge. Le patron adressa un signe à l'une des servantes qui posa un pichet devant Violaine et s'éloigna aussitôt. La jeune femme achevait de boire, absorbée dans la contemplation des flammes, quand un caquètement attira son attention. Trois vieilles femmes avaient pris place sur son banc sans qu'elle les eût entendues approcher.

– Bonsoir Passeuses, dit-elle avec froideur.

– Bonsoir Violaine, marmonna celle qui tenait les ciseaux. Te voilà rajeunie ! Nous donneras-tu ta recette de beauté ?

Sa bouche se fendit en un sourire que soulignèrent les ricanements de ses sœurs. Comme Violaine se taisait, elle poursuivit :

– Commercer avec les démons n'a jamais rien donné de bon. À ton âge, tu devrais le savoir. Qu'espères-tu y gagner ? Les faveurs de Quentin ? Il n'est pas celui que tu as aimé, pas plus que tu n'es celle que tu as été.

– Commercer avec vous m'a-t-il été plus profitable ? demanda la sorcière d'une voix vibrante de colère. Et qui vous donne le droit de dire celle que je suis ?

– Allons ma sœur, moins de colère envers nous, susurra la Passeuse à la bobine. Nous sommes du même bord, bien que tu feignes de l'ignorer.

Violaine haussa les épaules.

– Azael affirme que je suis du sien !

– Mais Azael se trompe ! répondirent-elles en chœur. Comme il te trompe.

– Qu'attendez-vous de moi ?

La voix de Violaine avait sonné haut et clair dans la salle de l'auberge mais personne ne parut s'en apercevoir. Les hommes qui l'avaient lorgnée tandis qu'elle gagnait son banc devisaient comme si elle n'existait pas. La magie des Passeuses était à l'œuvre.

– Dans l'immédiat, rien, répondit la Passeuse à l'aiguille. Tant de destins se croisent dans cette auberge ! C'est un hasard que nous t'ayons rencontrée, un heureux hasard.

– Avec vous, le hasard n'existe pas ! explosa Violaine. Vous saviez que je serais ici !

– À moins que ce ne soit toi qui aies pressenti que nous nous y trouverions, rectifia la Passeuse aux ciseaux. Beaucoup de choses t'échappent, Violaine.

– Si vous voulez que je comprenne, pourquoi parler par énigme ?

Les Passeuses se consultèrent. Leurs vieilles faces ridées étaient impénétrables et un caquètement léger montait de leurs bouches entrouvertes.

– Les humains croient que l'avenir dessine des lignes claires et définies quand nous savons qu'à chaque seconde l'infinité des possibles se déploie. Le futur est opaque, même si nous tentons de lui assigner une direction. Nous veillons aux équilibres, Violaine, pas à l'équilibre.

– Je ne saisis pas.

– Ce n'est pas ce que nous te demandons ! asséna la Passeuse aux ciseaux. Contente-toi de savoir quel est ton chemin. Ton rajeunissement est une bonne chose et Azael ne pouvait mieux agir. Si tes amis te demandent qui t'a transformée, réponds que c'est nous et nous seules qui l'avons décidé.

Une domestique apporta à la table voisine un énorme plat de viande rôtie qui fut accueilli par des rires et des claquements de mains. Ses effluves parvinrent aux narines de Violaine qui éprouva un haut-le-cœur. Ce bruit, cette agitation, cette nourriture, l'indisposaient. Quant à la stratégie des Passeuses, elle n'y comprenait rien.

– Et quel est le chemin que je dois suivre ?

– Il en existe plusieurs mais le plus approprié est d'éliminer Quentin une fois qu'il aura retrouvé les mains, puis de les remettre à Azael.

La voix de la Passeuse était exempte d'émotion. Foudroyée par cette réponse, Violaine sentit le souffle lui manquer.

– Tuer Quentin... répéta-t-elle hébétée. Mais c'est...

Les éclats des conversations s'étaient fait murmures, assourdis par les battements du sang à ses tempes.

– C'est par toi que ce qui doit advenir adviendra, expliqua la Passeuse à la pince. Par tes doutes, par ta souffrance et ton courage.

– Vous m'incitez donc à faire le choix d'Azael, balbutia Violaine. Vous me poussez à rester dans son camp. À quoi jouez-vous ?

– Nous ne jouons pas, nous t'indiquons la voie à suivre !

Les trois vieilles femmes se levèrent et gagnèrent la sortie de leur démarche claudicante. Les contours de leurs silhouettes devinrent flous et s'effacèrent. À cet instant, deux personnes franchirent la porte de l'auberge. Elles étaient vêtues de djellabas claires et leur peau était tannée par le soleil.

Si les traits de l'homme n'évoquaient rien à Violaine, ceux de la femme, en revanche, lui étaient familiers. Elle était un peu plus grande que dans son souvenir et son expression plus dure, plus affirmée.

– Anne ! s'étonna-t-elle.

LI'YA

Anne se figea et dévisagea la jeune fille qui avait prononcé son prénom. Elle lui trouvait un je-ne-sais-quoi de familier dans l'expression et le maintien. Apercevant le long bâton posé sur ses genoux, elle demanda :

– Violaine ?

Sa voix trahissait son hésitation. Comme celle-ci hochait la tête, Anne fit signe à Nour de la suivre. Les clients les observèrent se couler entre les tables. La souplesse animale avec laquelle ces deux inconnus se déplaçaient laissait supposer qu'il ne faisait pas bon leur chercher noise. Quant à la jeune femme qui semblait les connaître, en dépit de sa discrétion, elle avait montré qu'elle était dangereuse.

– Que t'est-il arrivé ? interrogea Anne sans préambule. Comment as-tu pu rajeunir autant ?

– Je l'ignore, mentit Violaine. C'est la volonté des Passeuses.

Une expression dubitative flotta sur le visage d'Anne.

– Je ne vois pas quel bénéfice elles en retireraient. Pour être honnête, je ne te crois pas !

– Penses-tu que le moment soit bien choisi pour une querelle ? s'agaça Violaine. Retrouver nos compagnons est autrement important. Où est Quentin ?

– Quelle impatience ! ironisa Anne. Serait-ce parce que tu es plus appétissante qu'à ton départ ?

Violaine enregistra l'affront en silence. Nour, qui avait suivi cet échange houleux sans en saisir la raison, se détourna et surprit le regard de l'aubergiste fixé sur eux. L'homme semblait nerveux. Le nomade se pencha vers Anne.

– Il faut partir. Tout de suite !

– Pourquoi partir ? J'ai faim et soif ! Tu m'as dit que cette taverne était tenue par tes amis !

– Les choses ont changé ! répliqua Nour. Cet endroit ne m'inspire plus confiance et je n'ai pas envie d'affronter les yab'chaïns.

Un sourire carnassier retroussa les lèvres d'Anne.

– Moi, je ne les crains pas et cette jeune fille – elle désigna Violaine du menton – serait capable d'en balayer cent d'un revers de son bâton.

Nour secoua la tête.

– Tu ne me comprends pas ! Nous sommes à Gaïnj'Pur, la cité du Ba'haï, pas à Va'hilinor. Ce n'est pas une garnison qu'il faudra affronter mais une armée entière et, si puissantes que vous soyez, vous serez broyées sous le nombre. Il est inutile de nous faire remarquer, surtout si nous voulons nous introduire dans le palais !

– Ton compagnon a raison, confirma Violaine.

Ils se dirigèrent vers la porte sans que quiconque se risque à les arrêter. Nour les guida à travers le lacis de ruelles étroites qui s'étendait au pied de la citadelle. Il marchait à grands pas, suivi des deux femmes qui affectaient de s'ignorer. Comme il s'arrêtait devant une maison de torchis aux colombages de bois sombre, Anne lui demanda :

– Chez qui nous conduis-tu ?

Le nomade frappa trois fois. Ses yeux exprimaient une profonde tristesse et une inhabituelle douceur habitait sa voix quand il répondit :

– Chez Li'ya, mon épouse.

Un bruit de pas résonna derrière le battant qui bascula, révélant une mince silhouette aux cheveux nattés à la mode de Gayian.

– Nour !

La femme resta un instant interdite. Lui prenant la main, elle l'attira à l'intérieur tandis que Violaine et Anne le suivaient et refermaient la porte. Pendant un instant, Li'ya contempla son mari en silence, puis elle éclata en sanglots.

– Pourquoi es-tu venu ? Tu es fou, c'est dangereux.

– Et toi, n'es-tu pas folle de vivre ici ? interrogea-t-il avec un faible sourire. Tu m'as manqué.

Il la prit dans ses bras et désigna les deux jeunes filles qui l'accompagnaient :

– Voici Anne et Violaine. Elles sont des nôtres.

Sa femme s'inclina.

– Tous ceux qui combattent le Ba'haï sont les bienvenus dans ma maison.

La demeure de Li'ya était modeste. Elle les mena dans une pièce au sol couvert de tapis. Une table circulaire, très basse, incrustée de métal et d'émaux, en occupait le centre. Leur hôte prépara une décoction qu'elle leur servit en murmurant des paroles de bienvenue.

Nour attendit qu'elle ait bu pour prendre la parole :

– Vous savez que les nomades haïssent le Ba'haï. Jamais nous n'avons accepté de courber le front devant lui, même si ses troupes nous massacrent depuis le premier jour de son règne.

Il montra la cicatrice qui balafrait son cou.

– Voici une autre raison de le haïr. Ses yab'chaïns m'ont égorgé le soir où ils ont enlevé Aïnour, mon fils. Mes hommes les ont traqués mais ils ont réussi à fuir.

– Et votre fils ? s'enquit Violaine.

Les épaules de Nour s'affaissèrent et il répondit d'une voix morne :

– Le Ba'haï lui a imposé les mains.

– Ce qui signifie ?

Comme il blêmissait, Li'ya effleura sa joue et répondit :

– Aïnour est devenu un yab'chaïn.

Contrairement à son mari, elle avait parlé avec sérénité. Violaine, émue, comprit que Li'ya considérait la métamorphose de son fils comme une évidence contre laquelle il était inutile de lutter.

– Voilà pourquoi, reprit-elle, j'ai quitté la steppe et je suis venue vivre à Gaïnj'Pur. Chaque jour, je rôde autour de la citadelle du Ba'haï dans l'espoir de croiser Aïnour. Je suis certaine qu'il me reconnaîtra si…

– C'est absurde, la coupa Nour. Nous en avons parlé cent fois. Il n'est plus un homme mais la marionnette du Ba'haï. Il a oublié sa propre existence ! Comment voudrais-tu qu'il te reconnaisse ?

– Je suis sa mère.

L'argument se voulait sans réplique. Nour soupira et prit les mains de sa femme dans les siennes.

– Écoute-moi, j'ai toujours pensé que le sort qui lie les yab'chaïns au Ba'haï se dissipera lorsque celui-ci disparaîtra. Aujourd'hui, j'ai la conviction que ce moment est proche.

– Tu penses que ces adolescentes sont en mesure de renverser le Ba'haï ?

Il n'y avait nulle moquerie dans les propos de Li'ya mais un étonnement sincère.

– J'ai vu Anne se battre, répondit Nour avec un respect qu'il ne chercha pas à déguiser. Elle vaut cent des nôtres et si Violaine est de sa force, personne ne saura les arrêter. Trois compagnons doivent les rejoindre. Ensemble, ils vaincront le Ba'haï. Je le sais.

Li'ya prit le temps de réfléchir aux paroles de son époux puis, se tournant vers les deux jeunes filles, elle leur demanda :

– Quel avantage avez-vous à nous aider ?

– Aucun ! répondit froidement Anne. Il se trouve que nos intérêts recoupent les vôtres. Peu m'importe que le Ba'haï gouverne Gayian ou pas. En revanche, ses mains ne lui appartiennent pas et nous nous sommes promis de les rapporter dans notre monde.

– Est-ce à dire que le sort de mon fils vous indiffère ?

– Sans doute autant que le destin de mon univers vous préoccupe.

Le visage de Li'ya s'empourpra. Elle se leva et quitta la pièce. Nour jeta à Anne un coup d'œil embarrassé et suivit sa femme.

– Pourquoi l'as-tu humiliée ? demanda Violaine. Elle nous offre l'hospitalité et tu te comportes de manière indigne.

– Je n'ai fait que dire la vérité ! Prétends-tu suivre autre chose que ton propre intérêt ? Ose affirmer le contraire !

Anne avait hurlé. Elle était défigurée par la rage et, sur ses poings crispés, les tendons saillaient comme des câbles.

« Que se passe-t-il ? songea Violaine. Nous devenons fous ! Moi, en acceptant le marché d'Azael, les Passeuses en me conseillant de tuer Quentin et Anne en se laissant dévorer par sa violence ! »

– Tu suis le chemin de Simon, dit la sorcière avec rudesse. Prends garde à ne pas finir comme lui !

Livide, Anne se leva. Consciente du danger, Violaine referma les doigts sur son bâton et soutint son regard.

– Je t'interdis de parler de Simon ! siffla la jeune fille. Il était mon ami, pas le tien.

– Je ne parle pas de lui, mais de toi. Tu es en train de te transformer et tu ne t'en rends pas compte.

– On verra qui de nous deux Quentin trouvera la plus transformée. Je ne crois pas à ton histoire de Passeuses. Et si c'était Azael qui t'avait redonné ta jeunesse ? Et si tu avais choisi de passer dans son camp dans l'espoir de séduire Quentin ?

– De quel droit oses-tu ? s'étouffa Violaine.

Anne lui lança un regard de mépris et se dirigea vers la porte. Au moment de quitter la pièce, elle se retourna.

– Sache que je n'ai aucune confiance en toi. Je te crois capable du pire pour me nuire. Alors écoute-moi bien.

Elle leva la main et déplia ses doigts avec une lenteur étudiée. Ses ongles émirent un éclat froid.

– Approche-toi de Quentin et…

– Et que se passera-t-il ? demanda Violaine, la voix tremblant de colère.

– Je te tue !

LE GRAND ARBRE

L'eau était tiède et Quentin sentit son goût salé sur sa langue. Un sort l'immobilisait entre deux eaux, un sort contre lequel il ne cherchait pas à lutter. Dans la clarté verdâtre qui l'environnait, il se sentait incertain et flottant.

Rapidement, le souffle lui manqua. Un chapelet de bulles fusa de ses lèvres et fila vers la surface en tourbillonnant.

« Je vais mourir », songea-t-il.

Cette idée aurait dû l'effrayer mais il se sentait absent, comme détaché de toute inquiétude.

– *Accepte de te noyer,* lui intima alors la voix. *L'ombre de la mort t'accompagne mais c'est ton lot. Tu es appelé à mourir, à renaître et à mourir encore, jusqu'à ce qu'enfin tout se résolve. Alors, tout sera bien.*

Les Passeuses avaient prononcé ces mêmes paroles avant son départ pour Gayian ! s'étonna-t-il. Devait-il considérer sa fin comme inéluctable ? Était-elle la condition à l'éviction d'Azael et de Baalzébuth ?

Il suffoqua. Sa poitrine était douloureuse. Un instant, il pensa annuler le sort qui le paralysait et regagner la rive mais la bague à son doigt émit des ondes de chaleur qui lui redonnèrent confiance. Il possédait encore deux vies ! Quoi qu'il advienne, il survivrait à cette épreuve car les Passeuses l'avaient décidé.

Quentin ouvrit la bouche et inspira. L'eau emplit ses poumons et son corps se tordit de douleur. Il sentit alors sa conscience vaciller et s'éteindre comme une bougie qu'on souffle.

Il se réveilla sous le regard d'une vieille femme qui chantonnait. Elle se tenait assise au pied d'un arbre si vaste que sa ramure occultait le ciel. Ses feuilles dorées frémissaient en cadence et leur bruissement faisait écho à sa voix mélodieuse. Derrière lui, le lac s'étendait. Quentin comprit que cet endroit n'existait que par la force de sorts très anciens. Des sorts issus d'une magie qui lui était étrangère mais dont la puissance ne le cédait en rien à la sienne.

– Vous êtes Celle-qui-a-survécu, dit-il avec simplicité. Je vous cherchais.

– Et moi, voilà mille ans que je t'attends, répondit-elle.

Elle était vêtue d'une tunique rouge frangée d'or et d'un saroual vermillon. Ses pieds étaient chaussés de fines babouches de cuir écarlate. Sur un plateau de bois incrusté de pierres étaient posés deux verres emplis d'une boisson brune ainsi qu'une boîte circulaire. La vieille femme lui fit signe de se servir.

– Celle-qui-a-survécu... reprit-elle avec tristesse. Jadis, j'étais Ysaïl. Mais tous ceux qui savaient mon nom sont morts. À l'exception d'un seul.

– Le Ba'haï ?

Les yeux de la vieille femme s'étrécirent.

– Lui aussi avait un nom.

– Vous l'avez donc connu ?

Le temps parut se figer et ce fut comme si le grand arbre exhalait le soupir qu'Ysaïl laissa échapper.

– Connaître est un mot trop faible pour rendre compte de ce que fut ma relation avec Jaïn et Irseï.

– Jaïn et Irseï ? répéta Quentin. À ma connaissance, le Ba'haï est seul.

– Sans doute, mais avant d'être le maître de Gayian il était un homme et avait un frère nommé Irseï.

– J'ai un frère également, murmura Quentin défait, mais un être mauvais s'est emparé de son corps.

– Il faut croire que l'histoire est un perpétuel recommencement, constata son interlocutrice avec un air las. Voilà longtemps, une puissance mauvaise s'est emparée de l'esprit de Jaïn et d'Irseï.

– Cette puissance est-elle liée à deux mains de pierre ? demanda Quentin.

Ysaïl hocha la tête.

– À cause de ces mains, la magie a disparu de ce monde, dit-elle avec nostalgie. J'en suis l'unique dépositaire. La seule qui ait survécu à la folie du Ba'haï.

Le grand arbre frémit quand Ysaïl posa la main sur son écorce.

– Ses racines plongent jusqu'au cœur de Gayian, expliqua-t-elle. C'est de lui que je tiens ma longévité. Le Ba'haï n'est rien en comparaison.

– Alors pourquoi a-t-il permis que le Ba'haï s'approprie les mains ?

– C'est moi qui l'ai permis. J'ai cru faire le bien et j'ai transformé Gayian en enfer. Mais à présent la prophétie est sur le point de s'accomplir : « Ce qu'a fait l'un, l'autre le défera. » Je te l'ai dit, Quentin, je t'attendais. Le Ba'haï t'attend aussi.

Elle désigna la boîte posée devant lui.

– Ouvre-la.

Quentin obéit et retint un cri. À l'intérieur, reposaient deux mains noires et racornies.

Le vent se leva et une brusque bourrasque ébouriffa ses cheveux. Les yeux d'Ysaïl se brouillèrent tandis qu'un souffle immense agitait le feuillage de l'arbre. Quelques feuilles s'envolèrent et retombèrent en tourbillonnant.

– Ainsi les mots se détachent de nous pour composer des histoires.

Elle fit un geste de la main et de vagues silhouettes s'élevèrent tandis qu'une cité semblait jaillir du lac.

– Laissons agir la magie de l'arbre, murmura-t-elle. Ainsi tu sauras ce que furent les jours qui décidèrent du destin de Gayian.

Quentin hocha la tête et sentit sa conscience épouser les formes d'un univers oublié.

JAÏN ET IRSEÏ

Le son d'une trompe déchire l'air. Les habitants de Gaïnj'Pur se figent.

Un bref instant, le silence s'abat sur la cité tout entière avant d'être rompu par des murmures puis des cris de joie.

Les princes sont de retour !

La liesse a gagné le palais et les couloirs résonnent d'éclats de voix. Le roi Syl'yan quitte ses appartements et gagne la salle du trône. Sa Conseillère, Ysaïl, l'attend.

Le roi lui adresse un bref salut. Elle est vêtue d'une robe safran. À sa taille, une dague recourbée. Elle la tient de son père, qui la tenait lui-même de son père, et ainsi depuis l'origine des temps, depuis que ses ancêtres ont conclu un pacte avec les puissances qui régissent les mondes. La lame acérée est frappée de trois symboles : des ciseaux, une pince et une bobine de fil piquée d'une aiguille.

– Je vous avais prié d'avoir confiance, lance-t-elle.

Syl'yan sourit en songeant à l'inquiétude qui le minait. Voilà peu, des hommes et des femmes terrifiés ont fui les marches de son royaume. On y rendait un culte à une idole avide de sacrifices humains. Ses adorateurs ont massacré les émissaires du roi et renvoyé à Gaïnj'Pur leurs corps mutilés. La guerre est devenue inévitable et ses deux fils, Jaïn et Irseï, ont pris la tête des troupes.

– Comment reprocher à un père de craindre pour ses enfants ? Tôt ou tard, vous connaîtrez les mêmes tourments, ajoute-t-il en s'asseyant sur le trône.

Une légère rougeur monte aux joues d'Ysaïl.

La foule des courtisans se presse autour du souverain. Bientôt deux messagers entrent dans la salle du trône. Ils annoncent que les princes ont conquis l'idole maudite.

Ysaïl s'éclipse. Elle emprunte un escalier en colimaçon et gagne le chemin de ronde.

La vallée creusée par le fleuve dessine un demi-cercle. Une route serpente à travers le calme ordonnancement des champs que rompent bois et bosquets. Une colonne humaine marche vers la citadelle et le cœur de la jeune fille tressaille quand elle aperçoit en tête deux cavaliers vêtus d'écarlate et de bleu. Jaïn et Irseï !

Le temps s'accélère. Un tourbillon de folie joyeuse s'est emparé de la ville. On honore les vainqueurs, on les acclame. Partout, ce ne sont que festins et fêtes. Au château, le banquet se poursuit jusqu'à l'aube. Le roi a installé ses fils à ses côtés. Irseï mène grand tapage et fait à voix haute le récit de ses exploits. Parfois, il se lève pour mimer un combat.

Ysaïl n'a d'yeux que pour Jaïn. À la différence de son frère, il parle peu et touche à peine aux aliments que les serviteurs posent dans son assiette. Sa main, parfois, s'égare sous la table pour presser celle d'Ysaïl puis se retire quand son frère se tourne vers lui.

À l'aube, les convives se dispersent peu à peu. Le roi se lève pour embrasser ses fils et se retirer dans ses appartements. Irseï lui souffle :

– Père, nous souhaitons vous montrer un trophée.

Les sourcils de Syl'yan se froncent.

– Ne pouvez-vous attendre ? La nuit a été longue et...

– Non, père ! insiste Irseï. Mon frère et moi vous supplions de nous accompagner.

Il incline le buste en direction d'Ysaïl et ajoute :

– Nous souhaitons également que la Conseillère se joigne à nous.

Tous quatre traversent les corridors déserts et s'enfoncent dans les entrailles de la citadelle. Irseï les conduit jusqu'à une salle creusée dans la roche. Sur le sol, une étoffe dissimule un objet.

La Conseillère distingue alors de longs filaments noirs qui rampent sur le sol. Semblables à des serpents, ils s'enroulent autour de leurs chevilles. Elle veut hurler à ses compagnons de fuir quand sa vision s'efface. Irseï s'est accroupi et soulève la toile. Deux mains griffues apparaissent. Elles sont sculptées dans une pierre écarlate, criblée de canaux aussi fins que des cheveux.

– Seraient-ce les idoles ? interroge Syl'yan.

Les princes acquiescent. Les mains aimantent leurs regards.

– Pourquoi ne pas les avoir détruites ? interroge leur père.

– Personne ne le peut !

Ysaïl a parlé.

– Ces mains sont source de pouvoir, ajoute-t-elle.

– C'est ce que nous a affirmé une voix que nous avons entendue, confirme Jaïn. Aussi avons-nous choisi de les rapporter à Gaïnj'Pur et de prendre votre avis.

La Conseillère observe les deux princes et devine qu'ils mentent. Ils n'attendent avis ni d'elle ni de leur père.

– La voix vous a-t-elle révélé autre chose ?

L'embarras se lit sur le visage des princes. Irseï, si sûr de lui d'ordinaire, s'est voûté, quant à Jaïn il serre son poignet entre ses doigts.

– Laisse-la te parler, murmure-t-il.

Ysaïl est seule. Elle contemple la flaque de sang qui macule les dalles. De son poignard, elle a sectionné les poignets d'Irseï et de Jaïn puis elle a accolé les mains aux blessures. La voix a murmuré dans son esprit, les chairs des princes se sont fondues dans la pierre, les doigts griffus se sont animés.

– Qu'ai-je fait ? sanglote-t-elle.

LE MAÎTRE DES MAINS

Le temps a passé. Le vieux roi est mort et les deux princes, forts du pouvoir des idoles, règnent sur Gayian. Depuis, la Conseillère veille aux équilibres car Jaïn et Irseï sont gagnés par une étrange folie. Leur soif de pouvoir ne s'est pas tarie avec la fin des guerres.

Ce matin-là, la jeune femme regagne ses appartements lorsqu'une haute silhouette lui barre la route. Irseï est furieux. Ses traits sont convulsés et sa main gauche s'ouvre et se ferme sans cesse, comme douée d'une vie propre.

– Une fois de plus, vous avez feint de m'ignorer ! gronde-t-il. Une fois de plus, vous avez pris le parti de mon frère !

Du poing, il martèle le mur. La roche éclate sans qu'il y prête attention. Peu impressionnée par cette démonstration de force, Ysaïl rive ses yeux dans ceux du prince.

– Je me contente de suivre la voie de la raison. Votre père vous a demandé de régner conjointement, dans l'ordre et la justice. De quel droit vous approprieriez-vous la couronne ?

– Je suis l'aîné, rétorque-t-il. Je suis le plus fort et le plus ambitieux !

Sa main de pierre effleure la joue d'Ysaïl.

– Et je ferai de toi ma reine...

La jeune fille repousse ses doigts et frissonne.

– Auriez-vous oublié que je suis promise à votre frère ?

La voix d'Ysaïl a la dureté du vent des steppes. Elle pose sa main sur le poignard.

– On ne force pas une Conseillère !

Les paupières du prince se réduisent à deux fentes.

– Que sont devenus les Conseillers que nous avons vaincus ? Jaïn te l'a-t-il avoué ? Crois-tu que ta magie soit de taille à nous menacer ?

Comme elle se tait, Irseï assène :

– Nous savons convoquer des créatures du chaos. Prends garde que je ne les lâche sur toi !

Son index se vrille sur la poitrine de la jeune femme.

– L'âge de la magie est révolu. Celui du Maître des mains commence ! Tu seras ma femme, que tu le veuilles ou non !

Ysaïl soutient son regard. Sur sa hanche, la dague est brûlante. Elle se retient de la tirer et tourne les talons.

Le prince Jaïn vit retiré dans ses appartements. Au contraire d'Irseï, il goûte la solitude et le silence.

Il grimace en se remémorant l'assemblée qui vient d'avoir lieu. Son frère prend plaisir à blesser la Conseillère, ce en quoi il commet une fatale erreur.

Jaïn sait que l'amour que la jeune fille lui porte est le plus sûr garant de sa fidélité. Il sait aussi qu'elle l'aidera, le moment venu, à réaliser ses projets.

Un froissement d'étoffe, un pas précipité. Ysaïl fait irruption dans la pièce. Elle se jette dans ses bras.

– J'ai peur, murmure-t-elle. Ton frère devient fou. Il m'a menacée.

Jaïn la serre contre lui, partagé entre son trouble et la nécessité du devoir. Ysaïl est sa pièce maîtresse. Sans elle, la puissance des mains lui échappera.

– Il est temps d'agir, reconnaît-il. Mais tant qu'Irseï est mon égal, nous ne…

– J'en suis consciente, l'interrompt la jeune fille. Mais ce que j'ai donné, je peux le reprendre. Laisse-moi trancher ces mains puis cachons-les dans un endroit où personne ne les retrouvera jamais. Elles sont mauvaises.

– Je n'en suis pas certain, répond Jaïn. J'ai su domestiquer leur pouvoir sans en devenir l'esclave.

– Mais ces guerres atroces ! proteste Ysaïl. Ces morts ! Étaient-ils nécessaires ?

– Ne connaissons-nous pas la paix à présent ? Tous les royaumes se sont ralliés à notre cause. Le commerce est florissant, les routes sont sûres. Gayian mérite un souverain fort et sage qui imposera le respect à ses peuples.

Jaïn enlace plus étroitement encore sa compagne.

– Je serai le Maître des mains, le Ba'haï.

La Conseillère effleure la paume grêlée et frissonne.

– Le Maître des mains ? Mais Irseï n'abandonnera jamais la sienne !

Les doigts griffus se referment sur ceux de la Conseillère.

– Si nous voulons la paix pour Gayian, nous n'avons d'autre solution que de la lui prendre.

LE POIGNARD

Un bruissement de feuilles.

Quentin sentit l'air tiède caresser sa peau. L'ombre du grand arbre se fondait dans les eaux du lac. Ysaïl saisit un fourreau posé à ses pieds et en sortit un poignard qu'elle lui tendit.

– J'ai cessé de le porter depuis que…

Il était lourd et glacé. Sa lame était gravée du sceau des Passeuses et le regard de Quentin s'assombrit. De nouveau, le sentiment que son destin ne lui appartenait pas le submergea.

– Vous étiez une Conseillère. D'autres, comme vous, connaissaient la magie de l'arbre. Pourquoi ne pas vous être ligués pour abattre le Ba'haï ?

– Nous avons été incapables d'unir nos forces, soupira-t-elle. Et Jaïn a lâché sur nous les s'vildres, des créatures contre lesquelles nos pouvoirs étaient impuissants. Je suis la seule à leur avoir échappé.

– Mais Jaïn vous aimait ! s'exclama Quentin. Pourquoi aurait-il voulu vous tuer ?

– La folie des mains l'a gagné. Par amour, j'ai été la complice d'un assassin. J'ai permis qu'un tyran asservisse un monde. Je dois désormais payer ma dette. Pour moi aussi la fin sera le temps des retrouvailles.

Quentin hocha la tête et s'apprêtait à lui rendre le poignard mais Ysaïl repoussa sa main.

– Le Ba'haï connaît cette lame. C'est avec elle qu'il a tué son frère. Avant de mourir, Irseï a murmuré : « Ce qu'a fait l'un, l'autre le défera. » Tu es celui qui défera ce que Jaïn a fait.

Quentin effleura le fil du doigt et poussa un cri de douleur. Quelques gouttes de sang perlèrent sur sa peau sans qu'il distingue une estafilade.

– Elle tranche l'acier le plus dur comme les chairs les plus tendres.

– Devrai-je tuer le Ba'haï ? interrogea Quentin.

Le silence lui répondit. Il était seul au pied de l'arbre et le poignard pesait entre ses mains. Il le passa à sa ceinture et fixa la surface sombre du lac, ses pensées tournées vers sa mère et son frère.

À cet instant, il aurait tout donné pour être avec eux. Dans son dos, le grand arbre bruissait. Il écouta son chant puis, luttant contre la lassitude qui lui dictait de s'allonger sur la berge et de s'endormir, il marcha vers l'eau et se laissa engloutir.

Ogier tisonnait les braises de l'extrémité d'un bâton. Voilà cinq heures que Quentin était parti et une légère inquiétude l'aiguillonnait. Il brisa une galette, en croqua un morceau et s'allongea.

– Je vous sens préoccupé mais cependant heureux, constata Rakshasa.

– Je le suis, confirma le Templier. Ce monde m'est familier.

Il montra l'épée posée à sa droite.

– Ici, ma fidèle lame ne dépare pas et les adversaires que nous affrontons sont à ma mesure.

La jeune fille fixa son compagnon et ses pupilles devinrent opalescentes comme celles d'un félin.

– Moi, je ne sais plus d'où je suis ni même parfois qui je suis.

Dans la lueur des flammes, son opulente crinière dessinait un halo autour de sa tête. Elle caressa du regard la forme immobile d'Amal enroulé dans une couverture à quelque distance du feu. Leur guide s'était vite endormi, épuisé par leur journée de marche.

Une main se posa tout à coup sur son épaule. Quentin était accroupi à côté d'elle, les yeux rivés sur les flammes.

– Je suppose que tu as des choses à nous raconter ? interrogea-t-elle.

Il posa un poignard recourbé sur le sol.

– Et à vous montrer.

NUIT

C'est la nuit.

Jeanne est assise dans la cuisine, la tête entre les mains. La radio est allumée et distille une musique douce et rythmée.

Elle ne l'entend pas.

Durant la journée, elle parvient à surmonter son angoisse. Elle fait les courses, un peu de ménage, la cuisine. Elle se rend à la piscine, nage et s'épuise jusqu'à ce que, enfin, son corps devienne lourd et douloureux.

Si elle croise une voisine, elle prend le temps de parler avec elle. Elle sait qu'on la plaint d'avoir perdu son mari. Elle sait qu'on la plaint plus encore d'avoir un enfant fou.

Un enfant qui a disparu après avoir tenté de la tuer. Un enfant que la gendarmerie n'est toujours pas parvenue à retrouver.

Elle supporte, stoïque, les regards apitoyés et les sourires compréhensifs.

« S'ils savaient ! » songe-t-elle.

Derrière les carreaux, l'obscurité est profonde. Jeanne quitte la pièce et parcourt les pièces vides de la maison. Elle s'arrête dans la chambre de Nicolas, puis dans celle de Quentin. Son regard s'attarde sur ses vêtements abandonnés au sol, sur les livres posés à la tête du lit. Elle en prend un, en respire l'odeur et soupire.

Dévorée par le chagrin, elle regagne le rez-de-chaussée et sort. L'air est doux et le ciel si beau, si limpide, qu'elle en éprouve une joie inexplicable.

Une joie mêlée de culpabilité.

Comment être heureuse quand vos enfants sont en danger ? Quand vous ne pouvez rien faire pour les aider ?

Elle s'assied sur l'herbe sèche et se laisse bercer par ses pensées. Le sourire de Quentin lui manque comme lui manquent les moqueries de Nicolas.

Et Marc. Marc qui savait si bien la rassurer.

– Si seulement tout pouvait redevenir comme avant, répète-t-elle à plusieurs reprises avant de se relever avec brusquerie, consciente de l'inanité de ses pensées.

Nicolas est en bas qui l'attend, et il ne sert à rien de se lamenter.

GAÏNJ'PUR

Guidés par Amal, deux jours de marche suffirent à Quentin, Rakshasa et Ogier pour rejoindre Gaïnj'Pur.

Évitant les routes passantes, ils franchirent des bois, une lande semée d'étangs puis une région de collines aux chemins tortueux et escarpés qui leur brisa les jambes. Enfin, ils abordèrent une plaine. Après quelques heures de repos, ils la parcoururent au pas de course.

Bientôt, ils aperçurent à l'horizon la citadelle du Ba'haï. Elle dominait la plaine et sa silhouette inclinée imposait son déséquilibre au paysage entier. Quentin posa la main sur le manche du poignard, des ondes brûlantes traversèrent ses doigts. Il le tira du fourreau et examina la lame. Le métal était devenu rouge et luisant et de lentes ondulations en faisaient frémir la surface.

– Pensez-vous qu'elle sente la présence du Ba'haï ? interrogea Ogier.

– Il est proche, confirma Quentin. J'espère qu'Anne et Violaine nous attendent à Gaïnj'Pur.

L'émotion qu'il éprouvait à l'idée de revoir Anne asséchait sa gorge, mais l'expression moqueuse qu'il surprit sur le visage de Rakshasa le dissuada de s'épancher davantage. Quant à ses retrouvailles avec Violaine... Cette perspective éveillait en lui des sentiments confus.

– Alors dépêchons-nous, dit Rakshasa. Il faut nous emparer des mains du Ba'haï avant Azael.

– J'admire votre optimisme ! déclara Ogier. Qui nous dit que le démon ne les a pas déjà prises ?

– Ceci, répliqua simplement Rak en désignant le poignard. Celui qui défera ce qui a été fait est Quentin et nul autre.

Le jour était avancé quand ils atteignirent les premiers faubourgs de Gaïnj'Pur. Ils longèrent un camp immense semé de tentes et de baraquements. Des milliers de yab'chaïns y étaient rassemblés. Certains, assis à même le sol, l'air morose, les yeux dans le vague, restaient indifférents à ce qui les entourait. D'autres, sous la conduite de leurs officiers, s'entraînaient au combat en poussant des cris rauques. Une odeur fauve flottait dans l'atmosphère et se mêlait à des effluves de fumée et de cuisine.

Amal les observa avec un dégoût mêlé de crainte. Il n'avait pas oublié que, sans l'aide inespérée de ses compagnons, il serait devenu l'un de ces géants sans âme.

– Avez-vous encore besoin de moi ? demanda-t-il d'une voix éteinte. Nous sommes arrivés à destination.

Rakshasa se pelotonna contre lui.

– Disparais, beau gosse, avant que je sois tentée de partir avec toi !

Le jeune homme esquissa un sourire et leur adressa de grands signes tandis qu'ils reprenaient leur route.

Il ne leur fut pas difficile de se glisser au milieu de la foule qui franchissait les portes de la cité et les yab'chaïns qui montaient la garde les inspectèrent avec indifférence. Leur chef, posté un peu plus loin, lorgna avec suspicion l'épée qu'Ogier portait au côté mais, sur un geste de Quentin, il fit volte-face et s'abîma dans la contemplation du ciel.

– Pratique, cet envoûtement ! s'amusa Rakshasa. Il faudra que tu me l'enseignes.

Ils parvinrent à une place où se tenait un marché, évitèrent la foire aux bestiaux, trop peuplée à leur goût, s'éloignèrent d'une troupe de jongleurs dont les prouesses attiraient un vaste public, et gagnèrent les ruelles qui montaient vers la citadelle.

– Comment savoir si Anne et Violaine sont ici ? interrogea Ogier. Et comment les retrouver ? Cette ville est trop grande pour qu'à nous trois nous soyons en mesure de la quadriller.

– Je vais lancer un sort d'appel, répondit Quentin. Si Violaine est à proximité, elle m'entendra. Ici, ce sera parfait !

Il montra une grange dont les portes bâillaient. Ils y entrèrent et s'assirent sur la paille. Rakshasa roula en arrière en grognant de plaisir.

– Hmm, ça sent bon ! Eh bien, pendant que tu tisses ton sort, moi, je pique un somme.

Quentin murmura et les runes gravées sur son bâton étincelèrent. Une expression indéfinissable s'afficha sur son visage.

– Tu n'en auras pas le temps. Anne et Violaine ne sauraient tarder, elles sont déjà en route.

CONFIANCE

Trois silhouettes apparurent bientôt à la porte de la grange. Celle d'Anne, moulée dans un justaucorps de cuir, celle plus menue de Violaine, en robe longue de velours prune, celle enfin d'un homme aux larges épaules qui s'éclipsa presque aussitôt.

D'un bond, Anne se jeta dans les bras de Quentin. Elle dégageait une odeur chaude, cuir, parfum et sueur mêlés. Évitant le regard de Violaine qui était restée dans l'ombre, il déposa un baiser sur la tempe de son amie.

– Tu m'as manqué, chuchota-t-elle, même si la vie ici est fabuleuse ! J'ai plein de choses à te raconter.

– Dis, tu as l'intention de la garder pour toi ? plaisanta Rakshasa. Nous aussi, on a envie de l'embrasser. Et toi, Violaine, tu boudes ?

La sorcière s'avança, une expression de défi dans les yeux.

– Qu'est-ce qui t'est arrivé ? balbutia Rak effarée. J'ai l'impression de retrouver celle que j'ai connue il y a quatre cent cinquante-sept ans. En plus jeune...

Ogier passa sa main dans ses cheveux drus. Cette ravissante jeune femme était-elle la sorcière qu'il connaissait ? Il observa l'ovale du visage, le vert profond des iris. Ses yeux s'attardèrent sur le bâton, la médaille de cuivre. Oui, à n'en pas douter c'était Violaine, si ce n'est qu'elle avait au plus dix-sept ans !

Abandonnant Anne, Quentin hésita puis se dirigea vers elle.

– Ne me demande pas ce qui m'est arrivé, le prévint-elle avec brusquerie. Les Passeuses seront mieux à même de te répondre que moi !

Il acquiesça, troublé par la beauté de cette femme qui éveillait en lui des souvenirs enfuis, des souvenirs qui ne lui appartenaient pas. Jacques Guernière et elle s'étaient aimés jadis et il était le gardien de sa mémoire. Ses doigts se refermèrent sur la main de Violaine.

– Je suis heureux de te retrouver.

– Nous sommes tous heureux de te retrouver ! affirma Rakshasa. Tu es magnifique, ce qui n'est pas une raison pour faire perdre la tête à ce garçon !

Elle coula un regard vers Anne qui, le visage fermé, ignorait ses pitreries.

– Bon, je vois que je n'amuse personne. Si on partait plutôt à l'assaut de la forteresse ? On prend les mains de Baalzébuth et on retourne sur Terre.

– Je doute que le Ba'haï nous laisse les emporter sans résistance, répondit Violaine. D'après ce que j'en sais, il possède des pouvoirs surhumains.

– Nous en possédons aussi ! lança Anne avec impatience. Si tu as peur, nous nous débrouillerons sans toi !

– Écoutez-moi !

La voix de Quentin était calme mais ne laissait aucun espace à la contestation.

– J'irai chercher les mains seul.

Il croisa le regard de Violaine et s'étonna de la souffrance qu'il y lut. Les runes de son bâton scintillaient, comme si elle avait noué un sort. À cet instant, Nour fit irruption dans la grange.

– Les yab'chaïns arrivent ! Il faut fuir.

– Comment nous ont-ils découverts ? gronda Anne.

Elle parcourut des yeux la grange et désigna une étroite ouverture ménagée dans le mur du fond.

– Filez par là, je les retiens !

Les yab'chaïns s'étaient déployés en demi-cercle et s'apprêtaient à l'assaut quand une jeune fille sortit de la grange et marcha vers eux. Ils lancèrent un regard étonné à leur officier. Celui-ci aboya un ordre et un archer banda son arc.

La flèche se planta dans la porte en vibrant. Le yab'chaïn n'eut pas le temps d'encocher un second trait. Anne le faucha et fondit sur les autres avec un grondement de plaisir.

Sous la conduite de Nour, le petit groupe s'engouffra dans un dédale de ruelles. Les cris de rage et les exclamations affolées qui montaient derrière eux s'atténuèrent peu à peu et ils ralentirent le pas afin de n'éveiller aucun soupçon parmi les badauds que le tumulte avait attirés.

Comme ils approchaient de la maison de Li'ya, Violaine saisit le bras de Quentin et l'entraîna dans une venelle.

– J'ai besoin de te parler, déclara-t-elle. Seul à seul.

Elle désigna un porche sous lequel ils s'abritèrent.

– Violaine, je ne... balbutia-t-il, troublé de la sentir si proche.

– C'est moi qui ai attiré les yab'chaïns à la grange ! Il fallait que je te parle sans témoins.

La jeune femme afficha une expression de dédain.

– Anne est incapable de résister au plaisir de se battre.

– À quel jeu joues-tu ? Tu mets nos existences en danger.

– Elles le seront davantage si tu ne m'écoutes pas !

Violaine leva vers lui des yeux si implorants qu'il se pencha vers elle.

De méchante humeur, Anne s'était résignée à attendre Quentin sur le toit en terrasse de la maison de Li'ya. En dépit de ses grondements et de ses menaces, elle n'avait pu convaincre Rakshasa de lui confier où il se trouvait.

– Où étais-tu ? demanda-t-elle quand il apparut enfin.

Le visage de son compagnon était décomposé.

– Peu importe, répondit-il. Violaine et moi devions parler.

– Et alors ? interrogea Anne.

Elle se déroba brutalement lorsque Quentin essaya de l'effleurer.

– Nous avons mis les choses au point. Tu n'as rien à craindre.

– Craindre ? Que devrais-je craindre ? siffla la jeune fille. Qu'elle soit amoureuse de toi ?

– Entre autres.

– Alors va la retrouver !

Le jeune homme s'assit sur le rebord du toit et contempla la forteresse du Ba'haï.

– Anne, c'est toi que j'ai envie de retrouver. Mais il faut parfois prendre des décisions douloureuses. J'implore juste ta confiance.

Il lui tendit sa main ouverte. Peu à peu, le visage d'Anne s'apaisa. Elle le rejoignit et se blottit dans ses bras.

– Je te l'accorde. Mais concernant Violaine, n'exige pas de moi plus que je ne peux.

FESTIN

Où que portât le regard, ces terres étaient les siennes. Et ceux qui les peuplaient, ses sujets.

Qu'il était loin le temps où il en tirait vanité ! Qu'il était loin le temps où il aimait chevaucher en tête de ses armées ! Qu'il était loin le temps où il prenait plaisir à vaincre, à briser, à soumettre.

L'ivresse du champ de bataille. L'odeur du sang, de la sueur, des maisons et des champs incendiés. Les cris des mourants, des blessés. Les trophées conquis à la pointe de l'épée.

Avait-il vraiment aimé tout cela à bien y réfléchir ? Son frère peut-être, mais lui ?

Tant de morts, tant de souffrances. Pour quoi en définitive ? Ce monde lui appartenait : hommes, bêtes, lieux, choses. Il les tenait au creux de ses paumes, et pourtant n'en concevait qu'indifférence.

Que souhaiter quand on possède tout ? Que redouter quand personne n'est en mesure de s'opposer à vous ? Quand l'histoire s'est arrêtée ? Quand la mort elle-même vous a oublié ?

Le Ba'haï contempla ses mains et en fit jouer les doigts, diverti par le cliquetis que produisaient ses griffes. Qu'auraient pensé les peuples qu'il tenait sous son joug s'ils avaient su que leur maître nourrissait de si sombres pensées ? La visite du garçon brun l'avait distrait. Il possédait de grands pouvoirs mais n'avait pu s'opposer à lui. Bien que venu d'ailleurs, il était l'esclave des mains alors que lui en était le maître !

Où était celui qui l'en délivrerait ?

Son attention fut distraite par un coup frappé à la porte. Personne n'était autorisé à gagner les étages, à l'exception de ses domestiques et de Jin'ayab, le chef suprême des armées.

Sur son ordre, Jin'ayab entra. Il s'inclina. Son souffle était court, l'atmosphère étouffante qui régnait dans les quartiers du Ba'haï l'indisposait.

– J'ai des informations capitales à vous transmettre, monseigneur.

Sur un geste du Ba'haï, il reprit :

– Plusieurs yab'chaïns ont été tués lors d'un affrontement. Du jamais vu dans les murs de notre cité !

– A-t-on identifié les agresseurs ? interrogea le Ba'haï.

Jin'ayab peinait à dissimuler son malaise.

– On parle d'une jeune fille douée de pouvoirs surhumains. Des témoins prétendent qu'elle était accompagnée par deux femmes et deux hommes qui se sont enfuis. L'un pourrait être un nomade, le second avait les cheveux clairs et portait un long bâton de marche.

– Enfin quelque chose d'amusant ! Mes troupes s'amollissent à force d'inaction. Retrouvez-les !

– C'est ce à quoi nous nous efforçons. J'ai redoublé la garde autour du palais et vingt yab'chaïns protègent vos appartements.

– Crois-tu cette jeune femme susceptible de me menacer ? ironisa le Ba'haï.

– Ils sont cinq, monseigneur, et la seule à s'être battue a massacré une trentaine de nos hommes. La population a été témoin du combat et l'on murmure. On raconte que…

– On raconte quoi ?

L'impatience perçait dans la voix du Ba'haï.

– On raconte qu'à la fin du combat elle s'est changée en oiseau noir et qu'elle s'est envolée. La magie avait disparu de notre monde, monseigneur. C'est un mauvais présage qu'elle soit de retour.

– C'est au contraire un excellent présage ! Que le peuple murmure. Toi, agis comme tu l'entends ! Laisse-moi à présent !

Le chef des armées ne bougeait pas ; une incompréhension totale se lisait sur son visage. Il hésita avant de dire :

– Permettez-moi de réveiller les s'vildres.

Sa voix avait tremblé et sa peau, pâli.

– Les s'vildres ? Mais les Conseillers ont disparu de ce monde depuis longtemps, mon cher Jin'ayab !

– Accédez à ma demande, monseigneur. Pour l'empire et pour notre sécurité à tous. Il se passe des événements incompréhensibles et j'ai le devoir d'assurer la sécurité de mes hommes comme de vous-même.

Son maître l'observa un instant puis soupira :

– Soit, va réveiller les s'vildres !

Resté seul, le Ba'haï jeta une poignée d'herbes aromatiques dans l'un des braseros et respira les parfums qui en montaient.

Lorsqu'il avait poignardé son frère avec le poignard d'Isaïl, celui-ci ne s'était pas défendu, comme s'il attendait le coup qui le priverait de la vie. Il s'était contenté de murmurer : « Ce qu'a fait l'un, l'autre le défera » et il était mort.

– Cette fois, qui sera *l'autre* ? murmura le Ba'haï.

Passant par des couloirs dérobés, Jin'ayab s'enfonça dans les profondeurs de la forteresse. De sa torche, il éclairait un boyau tortueux au sol humide et glissant, attentif à ne pas renverser le contenu de la cruche qu'il portait. Un lourd trousseau de clés pendait à sa ceinture.

Il franchit huit portes et parvint au centre d'une salle où deux formes reposaient, enveloppées d'un linceul.

Le chef des armées n'était pas un homme impressionnable mais sa main tremblait quand il découvrit les silhouettes desséchées. Elles ressemblaient à deux molosses couverts d'écailles et leurs mufles décharnés se retroussaient sur deux rangées de crocs aigus. Comme toutes les créatures suscitées par le Ba'haï, elles étaient d'un rouge terne, un peu passé.

Voilà si longtemps qu'elles dormaient.

Il inclina la cruche et en versa le contenu dans la gueule ouverte de chacune des créatures. C'était un sang épais, presque noir. Aussitôt, leurs écailles frémirent et un cliquetis métallique s'en éleva. Les s'vildres frissonnèrent puis étirèrent leurs longs corps musculeux. Elles ouvrirent enfin les paupières et fixèrent Jin'ayab. Surmontant sa répulsion, il tendit la main vers leurs gueules et attendit qu'elles aient senti son odeur.

Alors il parla :

– Je vous ai nourries et je vous nourrirai encore. Me serez-vous soumises comme je le suis à mon maître, le Maître des mains ?

Les s'vildres inclinèrent la tête et feulèrent. Jin'ayab sourit et lissa les écailles qui couvraient leurs têtes.

– Chassez pour le Ba'haï, comme autrefois, et je vous promets un festin. Un festin de sang !

HAINE

Les trois lunes étaient hautes lorsque Quentin se mit en route pour le palais. Violaine attendit qu'il ait disparu à l'extrémité de la ruelle pour s'éclipser discrètement et gagner le fleuve. Dans son esprit, roulaient des pensées sans suite. Des pensées de douleur, de trahison et de sang. Elle savait qu'elle n'échapperait pas à son destin. Le moment volé avec Quentin avait confirmé son choix et pourtant l'énormité du geste qu'on espérait d'elle la terrassait.

Des larmes roulèrent sur ses joues et elle se retint de hurler sa colère et de fuir.

Le cours d'eau était plongé dans les ténèbres et les arbres qui le bordaient y creusaient des puits d'ombre. Elle erra, brisée, le long des rives, jusqu'à ce qu'elle trouve un endroit calme où l'eau formait comme un miroir.

Violaine toucha son reflet de la pointe du bâton.

Dans l'instant, celui-ci se troubla et céda la place au visage d'un jeune homme aux traits durs, au front barré par une mèche brune.

– Te voilà enfin ! s'impatienta-t-il. Qu'as-tu à m'apprendre ?

La sorcière se voûta.

– Mes respects, Azael. Comme vous l'espériez, Quentin est en chemin pour tenter de reprendre les mains de Baalzébuth. Nous le retrouverons au palais.

Le visage du démon s'éclaira.

– Fort bien, je l'y attendrai aussi.

Son image se troublait quand Violaine lui lança :

– J'ai une proposition à vous faire !

Un frémissement parcourut la surface de l'eau et le reflet d'Azael se dessina avec plus de netteté.

– Une proposition ?

Violaine agita la tête. Elle inspira profondément avant de répondre :

– Laissez-moi tuer Quentin, il est trop dangereux. Je profiterai de l'effet de surprise pour prendre les mains. Ensuite, nous disparaîtrons.

– Tu ferais cela ? dit le démon pensivement. Tu éliminerais Quentin plutôt que de le séduire ?

– Il ne veut pas de moi, répondit Violaine sur un ton morne.

Le démon l'observa de ses yeux narquois.

– Peut-être en aime-t-il une autre, une autre que tu hais. Comme tout cela est humain ! Tu choisis la bonne voie, Violaine, celle qui conduit à mon Maître et à la liberté ! Ta proposition est excellente et j'aurai grand plaisir à voir mourir mon frère, surtout de ta main.

Une bourrasque balaya le fleuve et Azael disparut. Violaine resta penchée sur son bâton. Tout était scellé.

– Que fais-tu ici à marmonner ? La sénilité te gagne ?

La sorcière se retourna. Anne, perchée sur une branche, l'observait avec suspicion.

– J'avais besoin de réfléchir.

– Tu as du temps à perdre alors que Quentin se met en danger ! Dans une heure, nous devons être au palais. Il faudra nous battre, je serais étonnée qu'Azael nous laisse emporter les mains. Tu n'oublies pas ton camp, j'espère ?

– Je n'oublie rien ! répondit Violaine. Ni qui je suis ni qui tu es ! Laisse-moi à présent !

D'un bond, Anne fut à ses pieds, toutes griffes dehors. Sa face était livide et ses yeux dévorés par la haine. Violaine soutint son regard.

– Ne me pousse pas à bout, Anne, nous le regretterions l'une comme l'autre.

La jeune fille frappa si vite que la sorcière n'eut pas le temps de réagir. Elle sentit une brûlure à sa joue. Elle y porta la main et la ramena poissée de sang. D'un mot elle referma sa blessure.

– J'aurais dû te tuer mais une tâche plus urgente m'attend ! dit Anne sans émotion. La prochaine fois, je ne sais pas si je résisterai.

– Il n'y aura pas de prochaine fois, cracha la sorcière.

Du bâton, elle frappa le sol. La terre se fendit sous les pieds d'Anne qui se transforma en chauve-souris et disparut. Tremblant d'émotion, Violaine se tourna vers le fleuve et contempla les flots sombres. Son instinct lui soufflait qu'Azael avait assisté à la scène.

Elle ne pouvait espérer plus belle preuve de sa sincérité que celle qu'elle venait de lui offrir.

LES S'VILDRES

Le dernier étage de la tour était plongé dans l'obscurité. Pourtant Quentin était certain que le Ba'haï ne dormait pas et qu'il l'attendait.

À sa ceinture, la dague tressauta. Il en frôla le manche et une douleur aiguë lui vrilla la poitrine. Il se retint pour ne pas la jeter ; cette arme lui faisait horreur.

Derrière la muraille, des feux incendiaient la nuit, signalant la présence de nombreuses troupes. Le grand porche était fermé et une vingtaine de yab'chaïns en défendaient l'entrée.

Quand il en fut à courte distance, le sorcier entreprit de tisser un sort. À ses pieds, l'ombre des trois lunes s'effaça. Les gardes ne le virent pas approcher des portes et les franchir comme si elles n'existaient pas.

Protégé par son invisibilité, Quentin se faufila entre les yab'chaïns et gravit les escaliers. Il traversa les portes du palais puis un hall monumental où se pressaient des courtisans mornes et apathiques. Les conversations se tenaient à voix basses et les buffets étaient désertés. De mémoire de Gayianien, jamais un yab'chaïn n'avait été tué dans l'enceinte de Gaïnj'Pur et les hommes du Ba'haï étaient sur le pied de guerre.

Quant au souverain, personne ne l'avait vu. Il se désintéressait du sort de ses sujets et persistait à vivre cloîtré. Le pouvoir était assuré par le chef des armées et les mesures de sécurité qu'il avait prescrites avaient dissipé l'atmosphère de liesse qui régnait d'ordinaire au palais.

Quentin s'éloigna. Quelque part, là-haut, il devinait la présence du Ba'haï et la magie serait le moyen le plus sûr et le plus rapide de parvenir jusqu'à lui.

Ses pas le menèrent dans une réserve où s'entassaient des bancs et des chaises dépareillés. Il s'y installa et, de son bâton, délimita un cercle sur le sol. Comme il s'apprêtait à nouer son sortilège, des pensées macabres s'insinuèrent dans sa conscience. La certitude de sa mort prochaine le terrassa. Comment ne pas anticiper la morsure de la lame ? Comment ne pas imaginer la douleur ? Il songea à Anne, à Violaine et se contraignit à reprendre sa tâche là où il l'avait abandonnée.

Bientôt, une forme rougeâtre se dessina à ses pieds. Quentin l'effleura et deux mains couleur sang caillé apparurent brièvement avant de disparaître. À leur place, une spirale ténébreuse s'enroulait lentement.

Sur un mot de Quentin, elle se dilata et ouvrit une trouée dans l'espace. Il allait la franchir quand deux étranges animaux en jaillirent. Leurs silhouettes sinueuses rappelaient celles de reptiles aux pattes courtes et musclées. Ils tournèrent leurs têtes écailleuses dans sa direction et le plus proche fondit sur lui.

Quentin se jeta de côté tandis que ses griffes labouraient son épaule. En dépit du sort qui le protégeait, ces monstres le voyaient ! Il recula, abandonnant sur le sol une flaque de sang qu'ils lapèrent. Aussitôt, Quentin sentit ses forces lui manquer.

En buvant son sang, ces créatures s'appropriaient son énergie ! *« Jaïn a lâché sur nous les s'vildres, des créatures contre lesquelles nos pouvoirs étaient impuissants »*, lui avait expliqué Ysaïl. Il devina que ses sorts seraient sans effet sur elles.

En deux bonds, les s'vildres se mirent en position pour le prendre en tenaille. Pressant son épaule ensanglantée, Quentin pesa sur la paroi à laquelle il était adossé et s'y enfonça, conscient que si la paroi était trop épaisse, il en resterait prisonnier.

Hagard, il déboucha dans un réduit aéré par un étroit soupirail. Il s'appuya sur un banc, y abandonnant une empreinte sanglante, et composa au jugé un sort pour juguler l'hémorragie.

Un choc énorme ébranla la muraille. Les s'vildres avaient goûté à son sang et ne lâcheraient plus sa piste. Il voulut prendre la fuite mais un second choc le fit vaciller. Le mur se fendit et des éclats de pierre volèrent en tous sens. Quentin recula tandis que les s'vildres élargissaient le passage à furieux coups de griffes. Leurs mufles en émergèrent et elles rivèrent sur lui leurs pupilles écarlates. L'une d'elles se déplaça avec nonchalance en direction du couloir qui s'ouvrait sur la gauche, s'assit sur son arrière-train et bâilla.

Quentin savait que leur désinvolture était un leurre. Elles jouaient avec lui, attendant qu'il cède à la peur pour l'attaquer.

Au même instant, une forme noire jaillit du soupirail et fondit vers le sol. À mi-parcours, elle se transforma en une jeune fille vêtue de cuir qui atterrit souplement sur ses pieds.

– Anne ! s'écria Quentin.

Celle-ci donna un coup de menton en direction des s'vildres.

– Comment fais-tu pour te fourrer dans des situations pareilles ?

Elle évita l'attaque de la première s'vildre et frappa, traçant cinq entailles sur le flanc de la bête qui poussa un hurlement de souffrance. La seconde s'élança si vite qu'Anne ne put l'éviter. Elles roulèrent au sol en grondant.

– Retrouve le Ba'haï ! hurla la jeune fille.

Quentin voulut se porter à son secours mais elle lui lança un regard si impérieux qu'il obéit et s'enfonça dans le couloir. Il n'avait pas fait dix pas qu'une colonne de yab'chaïns apparut, attirée par le vacarme. Lorsqu'ils l'aperçurent, ils bandèrent leurs arcs. Quentin les pétrifia et tendit l'oreille. Derrière lui, les hurlements de rage s'étaient tus.

Anne fut sur lui sans qu'il l'ait entendue arriver.

– Elles me talonnent, souffla-t-elle. Je n'ai pas réussi à les tuer.

Quentin leva le sort qui immobilisait les yab'chaïns. Ahuris, ceux-ci décochèrent leurs flèches sur les deux monstres tandis qu'Anne s'enfuyait.

Feulant de douleur, la gueule et le corps hérissés de traits, les s'vildres se jetèrent sur leurs assaillants.

– Ils ne les retiendront pas longtemps, dit Quentin en rattrapant son amie. Ça va aller ?

Anne portait une longue estafilade sur la joue, son justaucorps de cuir était entaillé et souillé du sang de ses adversaires.

– Rien de grave, répondit-elle. Je suis aussi rapide qu'elles mais moins puissante. Il faudrait un animal de leur force pour les tuer.

Ils pénétrèrent dans une salle au plafond en dôme. Des domestiques qui s'affairaient autour de tables chargées de victuailles les regardèrent avec surprise et détalèrent quand ils remarquèrent leurs vêtements couverts de sang. Anne voulut entraîner Quentin à leur suite. Celui-ci lui résista.

– Attends, tu m'as donné une idée.

– Moi ? Que...

Dans un fracas d'écailles entrechoquées, les s'vildres se ruèrent dans la salle. Anne se retourna pour les affronter. Quentin la repoussa avec douceur :

– Laisse-moi régler cela.

Abandonnant son amie, il se porta au-devant des créatures. Elles s'apprêtaient à attaquer mais sa voix les figea. Il parlait une langue étrange, douce et sifflante à la fois. Soudain, sa silhouette se brouilla.

À sa place, se tenait une s'vildre accroupie. Elle poussa un cri rauque et se jeta sur la plus proche des créatures, lui ouvrant la gorge d'une oreille à l'autre. Puis, saisissant le cadavre entre ses crocs, elle le jeta de côté.

Sa compagne s'approcha pour le renifler et émit une plainte qui se transforma aussitôt en grognement de rage. Elle exhiba ses dents acérées et bondit. Se dérobant, Quentin déchiqueta l'une de ses pattes. Elle gémit et recula en boitillant. La crainte se lisait dans ses yeux et Quentin comprit qu'elle allait prendre la fuite. Comme elle se retournait, il s'abattit sur elle et lui broya la nuque, sentant avec dégoût son sang gicler entre ses crocs. L'esprit embrumé, il composa le sort qui lui redonnerait son apparence humaine et roula sur le côté.

Anne s'agenouilla et repoussa ses cheveux poissés de sueur. Elle déposa un baiser sur ses lèvres puis lui chuchota à l'oreille :

– Finalement, tu te débrouilles très bien seul.

FRÈRES

Adossé à la porte massive qui menait aux appartements du Ba'haï, Jin'ayab attendait. Alignés de chaque côté du corridor, vingt de ses meilleurs yab'chaïns montaient la garde. On aurait dit deux rangées de statues écarlates issues d'un moule identique. Le chef des armées détailla leurs corps musculeux, leurs narines frémissantes. Tous étaient de merveilleuses machines à tuer mais si les s'vildres échouaient, seraient-ils de force à protéger leur maître ?

À présent, il en doutait et l'indifférence ironique du Ba'haï avait accru son malaise. Quelque chose se jouait qu'il ne comprenait pas. Des événements qui pouvaient changer la face de Gayian.

Ses doigts se nouèrent sur la poignée de son épée. Depuis qu'il avait vu l'espace du corridor se fendre et les s'vildres s'y engouffrer en jappant d'impatience, l'angoisse le tenaillait. Qui avait tenté de gagner les appartements du Ba'haï grâce à la magie ? Pourquoi ces maudites créatures ne revenaient-elles pas ? Pourquoi tout se déréglait-il autour de lui ?

L'Empire partait à la dérive. Son seigneur se désintéressait du pouvoir et ne prenait plus la peine de se montrer à ses sujets ou d'assister aux cérémonies officielles. Les gouverneurs menaient les provinces à leur guise, et seule la présence des yab'chaïns maintenait la paix entre une multitude de peuples que rien ne liait.

Rien à l'exception du Maître des mains.

Que le Ba'haï disparaisse et la guerre embraserait Gayian. Lui, Jin'ayab, devait déployer des trésors de diplomatie pour ménager les susceptibilités, éviter les conflits, faciliter les échanges commerciaux. En réalité, le pouvoir lui appartenait depuis de trop longues décennies et ce pouvoir lui pesait.

À la différence de beaucoup, il aimait et respectait le Ba'haï, sa fidélité était totale. Il avait accepté de devenir ce qu'il était en connaissance de cause et le jour où son seigneur lui avait imposé les mains avait été le plus grand de sa vie.

Un murmure l'arracha à sa rêverie. Un jeune homme aux cheveux dorés venait d'apparaître là où les s'vildres avaient disparu. À la main, il tenait un long bâton de bois clair et, bien qu'il ne portât aucune blessure, ses vêtements étaient tachés de sang.

Sans attendre son ordre, les yab'chaïns se jetèrent sur lui. Leurs sabres n'eurent pas le loisir de le faucher. L'inconnu leva la main et ils s'immobilisèrent. Puis, d'une démarche sereine, le jeune homme s'approcha et dit :

– Laissez-moi entrer.

Sa voix était douce, persuasive. Incapable d'y résister, Jin'ayab sombra dans l'inconscience tandis que les lourds battants s'ébranlaient.

Il régnait dans la pièce une chaleur étouffante et des volutes de fumée parfumée s'échappaient des braseros. Sur un mot de Quentin, des flammes bleues en montèrent, effaçant la pénombre.

Le Ba'haï offrait son profil au nouveau venu. Il contemplait l'horizon nocturne comme si rien ne pourrait le distraire du spectacle de la grande plaine éclairée par les trois lunes.

– Je viens en paix, murmura Quentin.

– La paix ?

La voix du souverain était un souffle. Il contempla ses mains. Les ongles rouges, effilés, semblaient de fins poignards couleur de sang.

– J'ai connu un temps où je me grisais de combats, d'humiliations et où la mort de mes semblables m'indifférait. Mais croyez-moi, je n'ai jamais oublié le sens de ce mot. À ma manière, j'ai apporté la paix à ce monde. C'était mon seul désir à bien y songer. L'ordre du Ba'haï règne et la guerre n'est plus qu'un souvenir.

– Tout comme la liberté.

Le Ba'haï se retourna et sa silhouette voûtée se redressa. Quentin fut surpris par sa taille. Il devait dépasser les plus grands des yab'chaïns d'un bon mètre et sa musculature colossale évoquait celle d'un dieu païen.

– La liberté m'est échue, et c'est un lourd fardeau. J'ai accepté le pouvoir des mains sans en être devenu l'esclave. En vérité, elles m'ont transformé mais je suis resté celui que j'étais, sans basculer dans la folie qui…

– Qui s'est emparée d'Irseï, votre frère ?

Un éclair de curiosité s'alluma dans les yeux du Ba'haï.

– Qui vous a parlé d'Irseï ? Personne ne se souvient de son nom !

– Personne, à l'exception d'Ysaïl et de vous.

Quentin prit le poignard à sa ceinture et le tendit au géant. Celui-ci, fasciné, s'en approcha. Les flammes qui dansaient dans les braseros se reflétaient sur l'acier poli comme sur un miroir. Le métal fut alors agité de lentes ondulations.

– Voilà longtemps que je n'avais pas vu cette arme, dit le Ba'haï en frottant machinalement ses poignets. Je me souviens de la morsure de son fil. C'est avec elle qu'Ysaïl a tranché mes mains. Serait-elle toujours de ce monde ?

Un bruissement s'éleva dans l'air, comme celui qu'auraient produit des milliers de feuilles agitées par le vent.

– La magie de l'arbre la protège. Elle m'attendait tout comme vous m'attendiez.

La lame du poignard étincela soudain et les éclairs qu'elle lança creusèrent de profonds sillons sur le visage de Jaïn.

– C'est avec elle que vous avez tué votre frère.

Le Ba'haï resta silencieux. Dans ses pupilles affleurait une très ancienne douleur.

– J'ai rencontré le vôtre, dit-il enfin. Il a voulu me prendre les mains par la force.

– Où est-il à présent ?

– Je l'ignore. Sans doute occupé à vous tendre un piège. Il ne peut rien contre moi. Contre vous, je n'en ai pas la certitude. Ce garçon est sournois.

– Il n'est pas responsable de ses actes. Un démon lui a volé son corps.

– Et mes mains vous permettront de le lui rendre ?

– Hélas non.

Quentin était étonné par le tour que prenait leur conversation. Ni haine ni violence mais les confidences de deux frères qui portaient chacun leur poids de souffrance, même si l'un était un tyran sanguinaire et l'autre un adolescent héritier de pouvoirs trop grands pour lui.

– Afin que mon frère vive, expliqua-t-il, il faudra que je meure.

– Vous en sentez-vous le courage ?

– Je n'ai pas d'autre choix, répondit Quentin après une imperceptible hésitation.

Il ne sursauta pas quand l'énorme main se posa sur son épaule et qu'il en sentit le rugueux contact.

– Vous possédez quelque chose que j'ai perdu depuis longtemps, dit le Ba'haï d'une voix éteinte. L'humanité.

Le colosse désigna son reflet dans une des fenêtres.

– Regardez-moi. Je suis un objet de crainte et de détestation. Je n'ai plus rien de commun avec celui que j'étais. J'ai endossé un rôle qui ne me convient pas. Tous ont cru que je devenais le Ba'haï par amour du pouvoir. Tous, y compris la femme que j'aimais.

Quentin le regarda sans comprendre.

– Pourquoi croyez-vous que j'ai souhaité la mort d'Irseï ? Mon frère voulait les deux mains et je savais ce qui l'attendait si elles s'emparaient de lui. Il se serait complu dans les intrigues, les complots. Il aurait ourdi des guerres pour le plaisir de mener ses armées au combat. Il aurait fait de Gayian un charnier. Jaïn ne serait pas devenu le Maître des mains, il leur aurait été soumis. Je n'avais pas d'autre choix !

– Pour autant, deviez-vous réduire les peuples de Gayian en esclavage et transformer, contre leur gré, des jeunes hommes en yab'chaïns ?

– Que savez-vous des devoirs d'un homme qui possède le pouvoir suprême ?

Il n'y avait ni impatience ni colère dans les mots du Ba'haï, mais une douceur teintée de fatigue.

– De la mosaïque de peuples qui cohabitent sur Gayian, j'ai tiré une armée unique, dévouée à ma cause, incapable de trahison ou de révolte. Que sont quelques années de guerre pour mille ans de paix ? Le commerce est florissant, les villes prospères et le souvenir des combats lointain. On continue de me haïr mais on ne meurt plus par mon nom.

– Pourquoi alors avoir exécuté les Conseillers ? Pourquoi avoir voulu la mort d'Ysaïl ?

– La magie… murmura le colosse. Ysaïl m'avait permis d'être ce que je suis. Elle pouvait tout aussi bien le défaire.

Il replia ses doigts et les observa comme s'ils lui étaient devenus totalement étrangers.

– Elle détestait ces mains. Un jour ou l'autre, elle m'en aurait privé. Qui sait qui s'en serait emparé et l'usage qu'il en aurait fait ? J'ai pris la décision la plus difficile de mon existence en ordonnant à mes yab'chaïns de l'exécuter et croyez que j'ai été heureux qu'elle leur échappe et qu'elle disparaisse.

Le fauteuil dans lequel il laissa tomber son énorme carcasse gémit sous son poids. D'un geste, il demanda à Quentin de prendre place devant lui.

– Pourquoi accepteriez-vous de vous séparer des mains aujourd'hui ?

– D'abord parce que je suis las de vivre ainsi. Ensuite, parce que vous n'êtes pas de ce monde. Si je vous rends les mains, j'ai l'assurance qu'elles disparaîtront de Gayian et avec elles, la malédiction qui les accompagne.

– Dans ce cas, pourquoi ne pas les avoir remises à Azael ?

Une lueur meurtrière brilla dans les pupilles du géant.

– Je suis et je reste le Ba'haï. On ne me prend rien et la force est sans effet sur moi. En revanche, je sais quel chemin je dois suivre et à qui je permets de le suivre avec moi.

Ses lourdes épaules s'inclinèrent vers l'avant et, dans le geste d'un guerrier vaincu qui accepte de se soumettre, le colosse tendit ses poignets à Quentin. Ses yeux, emplis de colère l'instant d'avant, reflétaient à présent un vrai soulagement.

– Voici venu le moment que j'espère depuis mille ans, le moment de la délivrance. J'ignore ce que deviendra Gayian sans la paix du Ba'haï.

– Au moins aurez-vous trouvé la vôtre.

Le poignard tressautait entre les doigts de Quentin, comme impatient d'accomplir son œuvre.

– Allez, ne tardez pas ! murmura le colosse.

Tandis que le jeune homme restait immobile, il scruta son visage et hocha la tête.

– Je devine que vous avez peur de ce poignard mais vous n'avez d'autre choix que de défaire ce qui a été fait. Qu'il vous apporte comme à moi le repos.

Il ferma les yeux et attendit la morsure de la lame.

Autour d'eux, s'éleva un chant mélodieux qui se mêlait au bruissement des feuilles.

TRAHISON

Ce fut Rakshasa qui perçut la première un changement dans l'atmosphère. Une vibration inhabituelle, comme si une trame invisible se défaisait.

Elle se tourna vers le palais du Ba'haï et tendit ses sens. L'épicentre du phénomène se trouvait là. C'était comme un soleil sur le point de s'éteindre. Elle en sentit les ondes rayonner jusqu'à l'horizon puis se dissoudre.

Violaine s'approcha d'elle. Son visage était d'une pâleur cadavérique. Un silence surprenant avait envahi la cité et les patrouilles de yab'chaïns qui la sillonnaient sans relâche semblaient s'être évaporées.

– Que se passe-t-il ? interrogea Ogier.

– Quentin a réussi, répondit Violaine d'une voix sans timbre.

Rakshasa l'observa avec curiosité.

– Ça n'a pas l'air de te réjouir ?

– Pensez-vous que l'heure soit à la chicane ? intervint Ogier. Hâtons-nous plutôt de le rejoindre, il va avoir besoin de notre aide. Si vous savez que notre ami a repris les mains au Ba'haï, il est fort probable qu'Azael le sait également.

– Où est Anne ? s'étonna Nour.

– Peut-être déjà en route pour le palais du Ba'haï, répondit Rakshasa. Inutile de l'attendre.

Les rues étaient encombrées par une foule bruyante attroupée autour de petits groupes d'hommes assis ou allongés à terre. Ils portaient l'uniforme des yab'chaïns et semblaient plongés dans un état d'hébétude.

Nour interrompit sa course et contempla les malheureux qui flottaient dans leurs cuirasses trop grandes pour eux.

– Les yab'chaïns sont redevenus des hommes. Le Ba'haï a disparu ! répéta-t-il à plusieurs reprises.

Des passants lui lancèrent des regards effrayés mais certains acquiescèrent et répétèrent à mi-voix puis de manière plus assurée :

– Le Ba'haï a disparu.

Le nomade leva des yeux implorants vers ses compagnons.

– Je sais ce que je vous dois mais permettez-moi de vous abandonner. Mon fils est certainement à Gaïnj'Pur et ma femme et moi devons le retrouver.

Rakshasa saisit ses mains et sourit.

– Nos routes se séparent, Nour. Retrouve ton fils et retourne dans la steppe avec les tiens. Les jours du Ba'haï sont derrière vous et les nomades auront un rôle à jouer dans l'avenir de Gayian, j'en suis certaine.

Abandonnant leur ami, ils se remirent en route. Autour du palais, la cohue était indescriptible et un cordon d'hommes s'efforçait de contenir la foule tandis que d'autres tentaient de ramener un semblant d'ordre.

« Le Ba'haï est mort ! » répétait-on comme un refrain et, çà et là, des manifestations de joie s'exprimaient sous forme de chants et de danses improvisés. Voyant que les portes de la forteresse étaient impraticables, Violaine entraîna ses compagnons dans un renfoncement de la muraille et composa un sort qui leur permit de la traverser.

Rakshasa observa le grand porche qui s'ouvrait sur la façade. Curieusement, il était dégagé. Les courtisans devaient se terrer à l'intérieur, affolés par la présence de la populace de l'autre côté des murailles. L'esplanade qui la ceinturait était envahie par ceux qui avaient été les yab'chaïns. Ils restaient assis, les yeux dans le vague, la tête entre les mains.

Une petite forme noire jaillit du ciel et Anne apparut. Elle salua sèchement ses compagnons et examina les lieux, les narines frémissantes. Rakshasa observa ses épaules carrées, ses gestes brutaux. Anne avait encore changé. Elle lui évoquait davantage une bête féroce que la jeune fille qu'elle était quelques heures plus tôt.

– J'ai aidé Quentin à rejoindre les appartements du Ba'haï, annonça cette dernière avec une expression de défi. Il a retrouvé les mains et Azael ne peut l'ignorer !

– Il ne tardera donc plus, déclara Ogier en tirant son épée.

Violaine serra ses mains sur son bâton et Rakshasa crut lire de l'anxiété dans son regard. Un mouvement en haut des marches attira leur attention. Une silhouette familière venait de s'y matérialiser.

– Voilà Quentin ! exulta Anne.

Celui-ci les cherchait du regard. Il portait un baluchon. De son bâton, il leur adressa un signe et commença à descendre les degrés. Son visage n'exprimait aucune allégresse. Il était blême et Rakshasa perçut sa peur.

Les quatre compagnons s'avancèrent jusqu'à la base de l'escalier et Quentin les rejoignit. Ses traits étaient creusés par la fatigue. D'un geste las, il posa son fardeau. Une longue griffe écarlate avait percé la toile sombre et tous la contemplèrent, fascinés.

Ogier se proposait de porter les mains et de lever le camp quand un bourdonnement furieux emplit leurs oreilles. En un instant, le ciel s'obscurcit et l'énorme nuage de mouches qui s'était formé au-dessus de leurs têtes les engloutit. Le bâton de Quentin flamboya tandis qu'un dôme de flammes se déployait. Il y eut un claquement semblable à celui de la foudre et une forme squelettique se jeta sur le sorcier en moulinant furieusement de son épée. Ogier l'accueillit à grand renfort de coups frappés de taille et la força à reculer. Anne allait voler à son aide quand une seconde silhouette apparut.

Une lumière noire sourdait de ses yeux, et quand ils se posèrent sur la jeune fille celle-ci vacilla.

– Te voilà, ma disciple ? s'amusa le démon. Je n'ai pas de temps à te consacrer. Rassure-toi, ton tour viendra bientôt.

D'un bond la jeune fille fut sur lui et planta ses griffes dans sa poitrine. Indifférent à ses blessures, Azael la saisit à la gorge et la souleva comme une poupée de chiffon. Rakshasa se précipita pour la secourir mais le démon laissa tomber sa victime et disparut pour réapparaître près de Quentin.

– À toi, Violaine ! ordonna-t-il.

S'inclinant vivement, elle cueillit la dague qui pendait à la ceinture de Quentin et lui en perça le cœur. Puis, sans un regard pour sa victime, elle ramassa le baluchon qui contenait les mains de Baalzébuth et le tendit à Azael.

Anne poussa un gémissement de bête. Elle se jeta sur Quentin et, après une brève hésitation, arracha le poignard de sa poitrine. Sa tunique se poissa aussitôt d'écarlate. Le jeune homme était inerte et sa peau, crayeuse. Quand Anne se redressa, une haine épouvantable déformait ses traits.

La sorcière avait disparu, tout comme Azael et Arnaud de Blanquefort. Rakshasa, abasourdie, secoua la tête avec incrédulité et posa sa main sur l'épaule d'Anne. Celle-ci la repoussa et hoqueta :

– J'aurais dû la tuer. J'aurais dû la tuer…

LE CRI

Les trois plantes se sont transformées.

Leurs troncs se sont tordus puis couverts de nœuds et de verrues. Leur base pétrifiée a pris l'aspect d'un vieil os creusé de canaux minuscules.

Leurs branchettes forment un entrelacs sinueux dans lequel le vent s'égare en sifflant comme un reptile.

Leurs fleurs éclatantes se sont ternies et semblent gagnées par un pourrissement qui les ronge de l'intérieur.

« Pourtant, elles ont encore grandi », songe Nicolas avec stupeur.

Le désert les contamine, le désert les infecte.

Et bientôt, lorsqu'il aura achevé son épouvantable métamorphose, il les absorbera.

Nicolas ferme les yeux. Les visions qui l'aident à lutter contre le désespoir sont lointaines. La source qui l'irriguait s'est tarie.

Le visage de Quentin s'est effacé de son esprit.

Celui de Jeanne se montre encore parfois.

Celui de la jeune fille inconnue lui apparaît par éclairs, hideux et déformé. Un mufle de bête sauvage dévoré par la rage.

Il pose sa main sur l'un des troncs et le sent qui frissonne.

Il sent sa douleur et sa peine.

Il voit.

Il voit son frère étendu et pâle. Une tache de sang s'étend sur sa poitrine à l'endroit du cœur.

Il voudrait parler, mais sa langue s'est racornie. Il voudrait pleurer, mais ses yeux sont secs.

Le vent se lève soudain et hurle à ses oreilles.

Alors il se lève et, malgré la douleur qui déchire sa gorge, il crie.

Il crie pour faire taire la voix du désert.

Il crie pour que son frère l'entende.

S'il est encore temps.

DIABLERIES

Devinteuil était penché sur une série de calculs lorsqu'une douleur brutale explosa dans son poignet. Presque aussitôt, elle se transforma en une atroce sensation de brûlure et le sceau d'Azael apparut sur sa peau. Le visage défait, Devinteuil traversa les couloirs déserts et, parvenu dans la salle de contrôle, tapa le mot de passe qui permettrait au logiciel de rendre le tore opérationnel.

Autour du tore, les inducteurs de champ bourdonnèrent et une forte quantité d'ozone se répandit dans l'atmosphère. Plusieurs mètres de béton en séparaient Devinteuil, et pourtant il eut l'impression d'en percevoir le parfum entêtant.

L'anneau de métal commença à vibrer tandis que l'intensité des lumières baissait. Une lumière bleutée tremblota en son centre puis se diffusa en cercles concentriques que brisa l'apparition d'un bras tendu, sitôt suivi d'un torse. Le professeur Devinteuil poussa une exclamation quand trois silhouettes humaines apparurent sur l'écran des moniteurs.

Azael était vêtu de couleurs chatoyantes et tenait entre ses bras un sac qu'il manipulait comme s'il s'agissait d'un trésor inestimable. Son étrange compagnon à la maigreur cadavérique le suivait, l'épée à la main. Quant à la troisième personne, c'était une belle jeune fille aux cheveux bruns. Curieusement, il sembla à Devinteuil qu'elle pleurait.

Abandonnant la salle de contrôle, il regagna son bureau. Bientôt, un martèlement de pas dans le couloir lui signala l'approche du petit groupe. Sa gorge se contracta et il éprouva une pénible sensation d'étouffement. D'un geste nerveux, il tira sur le col de sa chemise.

– Professeur Devinteuil, quelle joie de vous retrouver !

Azael s'adressait à lui comme s'ils étaient de vieux amis et le physicien ne put s'empêcher d'être impressionné par l'incroyable aplomb de ce garçon qui ne devait pas avoir plus de dix-sept ou dix-huit ans, même si au fond de lui, une voix lui soufflait, malmenant sa raison, qu'Azael n'était pas un jeune homme à peine sorti de l'adolescence, mais un être beaucoup plus âgé et infiniment plus redoutable.

– Je tiens à vous féliciter pour votre efficacité et votre ponctualité, je n'ai qu'à me louer de vous !

Toujours cette ironie sous laquelle perçait la menace. L'homme aux allures de grand brûlé était resté dans le couloir. Quant à la jeune fille, elle s'était immobilisée sur le seuil et se désintéressait de la conversation. Ses yeux étaient d'une insondable tristesse.

« Qui est-elle ? » s'interrogea le physicien. Le garçon blond lui avait affirmé qu'il existait d'autres moyens d'entrer dans le multivers. Cette fille en était la preuve !

Devinteuil reporta ses yeux sur son interlocuteur. La boule d'angoisse qui obstruait sa gorge n'avait pas disparu mais il était curieux malgré tout de la tournure qu'allaient prendre les événements.

– J'ai encore deux services à vous demander avant de disparaître, déclara Azael. Le premier est l'autorisation d'utiliser votre ordinateur.

Et comme Devinteuil se contentait d'acquiescer, il ajouta sèchement :

– Maintenant !

Prenant le siège que lui cédait le physicien, il se connecta à Internet et pianota à toute vitesse. Devinteuil entraperçut un écran bleu sur lequel se détachait un titre étrange : « The baba luz ». Azael écrivit quelques lignes de commande et tapa « envoi ». Une barre de téléchargement se matérialisa et disparut presque aussitôt.

– Ne vous inquiétez pas, professeur, je ne sabote pas vos installations. Il s'agit juste d'une petite plaisanterie comme je les affectionne. Un simple jeu d'écritures.

Le jeune homme parut savourer l'expression d'incompréhension qui s'affichait sur le visage du physicien.

– À présent, j'aimerais que vous nous conduisiez jusqu'à Paris.

Devinteuil secoua la tête.

– Comment voulez-vous sortir du centre ? Vos compagnons ne possèdent pas d'accréditations. Ni pour entrer ni pour sortir.

– Mes compagnons et moi n'existons pas ! l'interrompit Azael. Je peux vous assurer que les caméras de sécurité comme les gardes ne verront que vous.

Devinteuil emprunta la rue que lui avait indiquée la jeune fille brune. Il se gara devant un immeuble de pierre blanche et ne prit pas la peine de couper le contact. Ses passagers sortirent du véhicule et disparurent par la porte cochère qui s'ouvrait sur la façade ornée de colonnettes.

Comme le lui avait affirmé Azael, il avait franchi les sas et les barrières de sécurité sans que quiconque remarque ceux qui l'accompagnaient. Sur les écrans de contrôle disséminés dans les couloirs, il se déplaçait seul !

Toutes ces diableries l'épuisaient mais il avait respecté les termes du pacte qu'il avait passé avec Azael et ils étaient quittes. À présent, il allait se consacrer au tore et à tous les possibles qui se dessinaient devant lui. Si Azael était revenu avec cette jeune fille, c'est qu'il existait des mondes où les hommes pouvaient vivre et cette idée éveillait en lui une indicible exaltation.

Le physicien était sur le point de démarrer quand un cri d'effroi lui échappa. Azael, qu'il avait vu disparaître à l'intérieur de l'immeuble l'instant d'avant, était assis sur le siège passager et l'observait.

– Comment prendre congé sans vous saluer, professeur ? Je préfère cependant vous faire mes adieux en tête-à-tête.

Il claqua des doigts et le moteur s'éteignit.

– Avez-vous été en contact avec un jeune homme blond, durant mon absence ? Un jeune homme qui me recherche ?

Devinteuil opina.

– Il est apparu dans le laboratoire après votre départ. Mais je vous donne ma parole qu'il n'a pas utilisé le tore pour vous suivre. Il m'a affirmé qu'il existe d'autres portes que les trous de vers pour circuler entre les mondes.

– Quoi d'autre encore ?

La voix était tranchante, mêlée d'éclats rauques.

– Il m'a dit qu'il s'appelait Quentin et qu'il était votre frère. Il m'a dit aussi de ne pas chercher à m'opposer à vous.

– Sage conseil, s'amusa Azael, qu'il aurait dû suivre. Je crains qu'il ne vous en prodigue plus jamais d'autres.

Sa main se posa sur la poignée de la portière.

– Une dernière chose. Avez-vous vu ce qui était affiché sur l'écran de votre ordinateur lorsque je m'en suis servi ?

Le sang déserta le visage du physicien.

– Non, répondit-il. Rien, à part trois mots sans signification.

– Votre honnêteté vous honore, commenta simplement Azael. J'imagine que je peux compter sur votre discrétion ?

De nouveau cette menace qui ne s'avouait pas. Devinteuil ferma les yeux, tâchant de ne pas céder à la panique.

– Je… je ne parlerai jamais de vous ni de votre rôle dans le projet *Porte des mondes* à quiconque.

– C'est heureux. D'ailleurs, qui vous croirait ?

Il ouvrit la portière et sortit.

– Adieu, professeur. Je vous souhaite un long et fructueux voyage.

Devinteuil chercha Azael sur le trottoir mais celui-ci avait disparu. Ahuri, il constata que le moteur de sa voiture tournait de nouveau. Le physicien démarra et prit de la vitesse pour gagner l'avenue à cent mètres de là. Il n'eut pas le temps de voir le camion qui jaillit de sa gauche et réduisit l'habitacle en un amas de tôles froissées.

Le chauffeur, hébété, eut beau répéter aux policiers et aux premiers secours qu'un essaim de mouches l'avait aveuglé et qu'il avait perdu le contrôle de son véhicule avant de pulvériser la voiture de la victime, on ne retrouva pas trace d'insectes.

Ni sur son pare-brise ni sur la chaussée.

LA PERLE DE SANG

Anne serrait entre ses bras le corps ensanglanté de Quentin. Les sanglots qui agitaient sa poitrine et déchiraient sa gorge s'étaient mués en cris inarticulés. Rakshasa et Ogier échangèrent des regards désespérés. Au chagrin de n'avoir rien pu faire pour sauver leur ami, à la trahison de Violaine, s'ajoutait la crainte de voir Anne leur échapper. Quand ils avaient essayé de l'arracher au cadavre, elle avait poussé un grognement rauque et son visage s'était mué en un mufle de bête sauvage, aux yeux fous et aux lèvres écumantes.

– Quentin ne s'était pas trompé, murmura Rakshasa. Les sortilèges d'Azael la dévorent. D'ici peu, elle sera incontrôlable.

Ses yeux se posèrent sur la dépouille de son ami. Comment Violaine avait-elle pu basculer dans le camp d'Azael ? Comment avait-elle pu assassiner de sang-froid celui qu'elle aimait le plus au monde ? La haine qu'elle éprouvait pour Anne suffisait-elle à l'expliquer ? Rakshasa soupira. La fille de la Galafre était incapable d'agir de la sorte, sinon tout ce à quoi elle avait cru n'avait plus aucune valeur.

– Que faire à présent ? interrogea le Templier.

Rakshasa perçut dans sa voix un immense harassement. Lui aussi perdait confiance. Et si le roc qu'était Ogier se fissurait à son tour, Azael ne trouverait personne pour s'opposer à lui. Elle écartait les bras en signe d'impuissance quand la lumière faiblit brusquement.

En quelques secondes, l'esplanade et la forteresse du Ba'haï s'effacèrent. Ils se trouvaient à présent dans une zone grisâtre, sans contours définis. Trois vieilles femmes faméliques aux longs cheveux blancs les contemplaient.

– Le jeune sorcier a rencontré sa fin, caqueta la Passeuse aux ciseaux. Tout est donc pour le mieux.

À ces mots, Anne se redressa. Les muscles de son cou paraissaient sur le point de se rompre et son visage était pétri de rage. Elle saisit la Passeuse par le poignet et la secoua sans ménagement.

– Vous vous réjouissez de sa mort, vieille harpie ? Ranimez Quentin ! Rendez-lui la vie !

– Cela nous ne pouvons te l'accorder, répondit la Passeuse.

– Qui le peut ?

La voix d'Anne s'était perdue dans un hurlement. De nouveau, ses traits se crispèrent et ses lèvres se retroussèrent sur ses dents aiguës.

– Lui ! répondit la Passeuse en désignant le cadavre recroquevillé de Quentin. Mais tu devras l'aider.

La jeune fille la fixa sans comprendre. C'est alors qu'une lueur rougeâtre attira son attention. Sur la bague passée à l'index de Quentin, deux pierres étincelaient.

– Que dois-je faire ? supplia Anne.

Rakshasa s'approcha d'elle et posa la main sur son épaule.

– Chacune de ces pierres a été façonnée avec le sang que Jacques Guernière a donné aux Passeuses. Elles contiennent un fragment de sa vie. Souviens-toi, elles ont sauvé Quentin une fois déjà !

– Le petit démon a bonne mémoire, se réjouit la Passeuse à la bobine. Et que proposes-tu à ton amie ?

– D'en percer une.

Avec douceur, Anne allongea le corps de Quentin sur le dos et disposa ses mains sur sa poitrine puis, de la pointe de l'ongle, elle égratigna une des perles rouges. Une poussière dorée en fusa qui adopta rapidement la forme d'un homme de haute taille. Il avait les cheveux longs, très clairs, et aurait pu passer pour le frère aîné de Quentin tant il lui ressemblait. Indifférent à ceux qui l'entouraient, il s'agenouilla et prit la tête du garçon entre ses mains. Un murmure s'échappa de ses lèvres et ses contours devinrent flous. De nouveau, il fut poussière qui s'engouffra entre les lèvres pâles du cadavre.

Un spasme le secoua et le visage cireux se colora. Les narines du jeune homme frémirent tandis que l'air remplissait ses poumons.

Ogier se pencha sur son ami et posa sa main sur sa joue.

– Il est vivant, balbutia-t-il, effaré de la trouver brûlante.

– Bien sûr qu'il est vivant ! jeta Anne, les joues couvertes de larmes. Il est vivant et je ne laisserai plus jamais personne le menacer. Personne !

Ses griffes lacérèrent le sol. Au même instant, les paupières de Quentin se soulevèrent sur ses yeux vitreux. Rakshasa glissa son bâton entre ses doigts et des torrents d'énergie s'infusèrent dans ses membres. Au loin, Quentin crut entendre une voix qui criait son nom. Une voix familière. Il inspira à plusieurs reprises puis demanda :

– Violaine est-elle avec Azael ?

Un grondement furieux échappa à Anne.

– Tu te préoccupes d'elle alors qu'elle t'a poignardé ? Elle est loin maintenant !

– Elle est en danger ! répliqua Quentin. Il va falloir agir vite.

La face parcourue de tics, la jeune fille se releva et contempla son ami.

– Tu deviens fou, toi aussi ? Violaine est une meurtrière ! Elle a remis les mains à Azael qui va reconstituer la statue de Baalzébuth ! Quand nous rentrerons sur Terre, il sera trop tard.

– Tu oublies les disciples qui doivent inscrire le nom du Seigneur des Mouches pour lui ouvrir la voie ! s'exclama Rakshasa. Cela va lui prendre du temps. Rien n'est encore perdu, avec ou sans Violaine !

– Vous ne comprenez pas, intervint Quentin. Violaine est toujours de notre côté.

Ses trois compagnons le fixèrent, incrédules.

– Mais elle t'a tué ! répéta Anne avec obstination.

– Nous en avions convenu.

Un silence stupéfait succéda à ses paroles. Rakshasa hocha la tête. Elle respirait plus librement, tout à coup.

– Azael a voulu s'attacher Violaine en lui offrant la jeunesse et l'espoir de me séduire.

Quentin se tourna vers Anne et affronta son regard.

– C'était frapper là où elle était la plus faible, Violaine porte tant de fantômes en elle. Il a cru la corrompre mais elle a trouvé la force de lutter contre lui. Et contre elle-même. Hier soir, nous avons réfléchi au meilleur moyen de faire tourner les manigances d'Azael à notre avantage.

Le sorcier leva la main et leur montra la bague.

– Sachant que, grâce aux Passeuses, je disposais de deux vies supplémentaires, j'ai proposé à Violaine de me tuer pour persuader Azael qu'elle était dans son camp. Ensuite, elle s'échapperait en sa compagnie.

– Mais c'est absurde ! s'emporta Anne. C'est Violaine qui a caché les pieds et elle sait où se trouve enterré le torse. Azael a gagné, grâce à elle !

– Non, répondit Quentin avec calme. Elle va nous mener à Azael sans que celui-ci suspecte quoi que ce soit. Il la croit acquise à sa cause et il ignore qu'elle possède un objet qui peut me conduire à elle, où qu'elle soit.

– Le ruban vert ! s'exclama Rakshasa.

– Exactement. Une fois qu'elle l'aura noué dans ses cheveux, Violaine m'appellera. Alors nous la rejoindrons et nous profiterons de l'effet de surprise pour arracher Azael au corps de mon frère.

– Mais si le tien doit brûler pour que ce démon retourne dans la pierre, ta troisième vie ne te servira à rien !

Anne avait lancé ces paroles avec hargne. Elle baissa la tête et ajouta d'une voix sourde :

– Je ne veux plus te perdre. Plus jamais ! Violaine doit mourir à ta place, elle a déjà suffisamment vécu.

Sa chevelure dessinait un halo sombre autour de son visage et ses traits s'étaient durcis. Quentin observa les muscles de ses mâchoires et de son cou, ses canines longues et pointues. Elle n'était pas parvenue à rétracter ses griffes qui pointaient, menaçantes, à l'extrémité de ses doigts. Le mal qui avait emporté Simon la rongeait à son tour. Combien de temps encore resterait-elle humaine ?

– Il est urgent que nous renvoyions le démon dans la pierre, Anne. Peu importe qui le fera.

– Voilà qui est parler avec sagesse, déclara la Passeuse à l'aiguille. Nous allons vous ramener sur Terre. Votre dernier combat approche.

THE BABA LUZ

– Vise ça, c'est génial ! exulta Boris Howley en désignant l'ordinateur placé devant lui.

Boris était ingénieur informaticien et travaillait pour la Neovirus Incorporated, une des plus importantes sociétés de protection informatique américaines, basée à San José en Californie. Son collègue Paul, qui venait d'entrer dans la pièce, posa son gobelet de café et observa l'écran. Quelques lignes de code vinrent discrètement s'inscrire dans un fichier exécutable sans en modifier la syntaxe. Le logiciel sophistiqué qui veillait sur le système n'y avait vu que du feu. Aussitôt, dans un angle de l'écran apparut un message sibyllin : « The baba luz ».

– C'est quoi ce truc ? demanda Paul, les yeux arrondis par la surprise

– Un virus qu'on vient de repérer et qu'on m'envoie pour analyse et traitement, expliqua Boris. D'un point de vue technique, je peux t'assurer que cet Ali Baba est une pure merveille.

– Ali Baba ?

– C'est le nom que les gars du service de veille lui ont donné, s'esclaffa l'informaticien. Il possède l'intéressante propriété de contaminer ton ordinateur en plusieurs fois. Il arrive par paquets indétectables via ta boîte e-mail ou une simple connexion à un moteur de recherche. Immédiatement, il court se nicher dans un fichier sans que ton pare-feu et ton antivirus l'identifient. C'est diabolique ! Il peut reconnaître les différents segments qui le composent, y compris s'ils sont éparpillés à travers un programme hôte de la taille d'une usine à gaz. Le moment venu, il se sert du programme hôte comme d'une sorte de réseau, il s'active et il effectue les opérations pour lesquelles il a été créé sans léser ni ralentir le système qu'il infecte.

Paul ouvrit la bouche pour poser une question mais Boris l'ignora et reprit :

– En plus, ce petit malin est parfaitement polymorphe, capable d'infecter aussi bien les fichiers programmes, les zones amorces que les fichiers de données. Si un logiciel antivirus le repère, il lui fournit immédiatement un double de lui-même puis il migre et modifie son apparence pour échapper à toute nouvelle identification. Jamais vu une saloperie si efficace ! À croire qu'un démon l'a imaginé ! Un génie en tout cas. J'allais oublier, il colonise l'intégralité de ton carnet d'adresses, se duplique et envoie ses clones en vadrouille dans les PC de tes copains à chaque fois que tu te connectes à Internet ! On vient juste de le découvrir mais, à mon avis, il a entrepris son travail de fourmi depuis quelques heures déjà. Sa vitesse de propagation est terrifiante.

Paul se gratta le crâne. Il était parti une semaine en vacances. Une semaine pendant laquelle des tas de petits malins avaient utilisé leur intelligence pour mettre la pagaille dans un réseau qui n'en avait vraiment pas besoin.

– Chapeau l'artiste ! Et il bousille quoi, ton Ali Baba ?

– Rien, justement. C'est là que ça devient bizarre... On dirait un canular d'étudiant qui veut montrer à ses profs ou à ses futurs employeurs de quoi il est capable. En fait, ce virus se contente d'afficher ce message idiot que tu vois sur l'écran. Un truc new-age, mi-anglais, mi-espagnol : « The baba luz ». On l'a appelé Ali Baba parce qu'il possède le sésame pour entrer dans n'importe quel système. C'était le nom rêvé.

– Tu as repéré d'où il était parti ? interrogea Paul.

– Non. Pour l'instant, on cherche. Et pas seulement nous, d'ailleurs ! Ce qui est bizarre, c'est qu'on dirait qu'il a essaimé d'Amérique, d'Europe, d'Asie, d'Australie, d'Afrique, comme si son concepteur s'était baladé partout et l'avait lâché de manière à tisser une toile gigantesque.

– Une équipe de hackers ? hasarda Paul.

– Pourquoi pas ? C'est tout à fait le type de scénario qui fait jubiler ces mecs-là. En tout cas, ça va être compliqué de trouver une parade. À l'heure qu'il est, Ali Baba doit avoir infecté une quantité hallucinante d'ordinateurs. Quant aux réseaux, je préfère ne pas y penser.

– Du boulot de pro.

– De sacré pro, même ! On aurait un type ou des types pareils dans notre équipe, on serait les meilleurs !

– On est déjà les meilleurs, non ? s'amusa Paul.

Boris leva son gobelet à la santé de son collègue.

– Ouais, c'est ce que la direction raconte à nos clients. En attendant, j'ai rarement vu un programme écrit avec autant d'élégance. Chez les informaticiens, il y a les lourdauds, ceux qui te pondent des logiciels efficaces mais poussifs, sans âme. Il y a aussi les poètes, les inspirés, ceux qui ont la grâce.

– Et celui qui a créé Ali Baba est un poète ?

– Tu te fiches de moi, Paul ? Mieux que ça, c'est Walt Whitman en personne, ou je ne m'y connais plus !

LE RUBAN VERT

Le coffret de bois était posé sur la table basse du salon.

Violaine l'ouvrit et en retira le mince ruban de velours vert qu'il renfermait. Du pouce, elle en savoura la douceur et le porta à ses narines pour en respirer le parfum.

Un léger arôme de fleurs séchées et de fruits mûrs s'en éleva, si léger qu'elle crut l'avoir imaginé. C'était désormais son seul lien avec Quentin, le fil fragile qui le conduirait jusqu'à elle.

Quentin qu'elle avait dû tuer pour tromper Azael.

Un sursaut de dégoût la traversa en se remémorant le contact dur et froid du manche entre ses doigts, la lame s'enfonçant dans la poitrine de son ami, le sang qui avait souillé sa tunique. Le soupir d'agonie qu'il avait poussé et son regard s'accrochant au sien. Le mince sourire enfin, qu'elle seule avait lu sur ses lèvres déjà bleuies par la mort. Un sourire de connivence, empreint de douleur et de peur.

– Quentin, dis-moi que tu es vivant, chuchota-t-elle.

Elle prononça son nom trois fois sans que rien se produise. Il ne l'entendait pas ! La perle de sang l'avait-elle ramené à la vie ? Elle se tordit les mains et étouffa un gémissement. Elle ne pouvait pas l'avoir assassiné. Il allait revenir !

Il devait revenir.

Son ami avait une confiance absolue dans le pouvoir de la bague et elle avait cédé à ses arguments. Convaincre Azael de sa mort était le seul moyen de lui faire baisser la garde.

À peine revenus à Paris, ils avaient utilisé une de ses voitures pour gagner Orléans et récupérer le torse qu'Anne et Simon avaient enterré dans un boqueteau. Ensuite, ils s'étaient rendus à Comberoumale. Elle les avait guidés, Arnaud de Blanquefort et lui, dans la garrigue où elle avait caché les pieds de Baalzébuth. Ensuite, Azael avait emporté le torse, les pieds et les mains de la statue là où il avait entreposé les jambes et la tête. Comme elle lui demandait où il se rendait, il avait feint de ne pas l'entendre.

La seule chose qu'il lui avait confiée, c'était qu'il allait reconstituer la statue. L'entreprise serait délicate et il avait permis à Violaine d'attendre dans sa maison, rue des Bas-Fossés.

– Mais où sont les disciples qui doivent écrire le nom de Baalzébuth ? avait-elle interrogé, perplexe.

– Ils sont déjà à l'œuvre, avait répondu le démon avec hauteur. À l'heure où je verserai ton sang sur la pierre, ils seront des millions à avoir tracé son nom ! Alors mon Maître saura trouver sa route.

Il avait ajouté :

– Je t'accorde quelques heures de solitude et de repos. Ensuite, je t'enverrai Arnaud et vous me rejoindrez.

La sorcière s'y reprit à plusieurs fois pour nouer le ruban dans ses cheveux tant ses mains tremblaient. Quentin et elle pensaient avoir du temps devant eux. Et voilà que tout se précipitait ! Comment Azael avait-il pu enrôler si vite les disciples dont il avait besoin ? Combien de temps lui faudrait-il pour redonner son intégrité à la statue de Baalzébuth et effacer les cicatrices que Mesh, trois mille ans plus tôt, lui avait infligées ?

Un bourdonnement dans le couloir la fit sursauter tandis qu'une désagréable odeur de vieux cuir montait à ses narines. Arnaud de Blanquefort s'encadra dans le montant de la porte. Ses traits étaient impassibles mais dans ses prunelles luisait une joie féroce.

– Mon Maître vous attend. Ouvrez-nous une porte jusqu'à lui.

Violaine prit son bâton et attendit l'appel d'Azael. Quand il résonna dans sa conscience meurtrie, elle dessina un ovale dans le vide et, suivie du chevalier mort, le franchit.

Une brève impression de vertige. Un air humide et glacé. Sur sa peau, une sensation odieuse, semblable au contact d'une toile dans laquelle elle se serait engluée. Violaine frissonna en reconnaissant les lieux. Azael était parvenu à annuler le sort que Jacques avait tissé ici même pour lui en interdire l'entrée ! Il fallait avertir Quentin. Lui faire savoir au plus vite où elle se trouvait.

C'est alors qu'elle la vit.

La statue de Baalzébuth était dressée sur le sol dallé. Elle représentait un homme au corps massif recouvert de poils drus. Sa tête barbue était surmontée de cornes de bouc. Sous les narines, larges et profondes, la bouche était déformée par un rictus. On devinait les ailes de chauve-souris repliées dans son dos. L'air autour de l'idole était agité de frémissements, comme peuplé d'insectes invisibles et grouillants. Violaine, écœurée, porta la main à sa bouche.

Azael lui adressa un sourire radieux et désigna les lignes imperceptibles qui attestaient que la pierre avait été un jour découpée.

– Les sutures sont parfaites, se réjouit-il. Le sort que j'ai tissé a agi et nous allons pouvoir commencer la cérémonie d'appel.

Un couteau à la lame sinueuse était posé sur le sol. Azael se pencha pour le ramasser.

– Es-tu satisfaite, Violaine ? La mission pour laquelle ton père t'a conçue est sur le point d'aboutir. Il aurait été fier de toi, sais-tu, ce bon Gilles de Rais. Quant à ta mère, dans le monde qui sera le nôtre, tu la vengeras de toutes les humiliations qu'elle a subies.

Le démon laissa courir ses doigts sur la roche écarlate.

– Peut-être redonnerons-nous vie à tes parents et leur accorderons-nous la place qu'ils méritent. Qu'en penses-tu ? Peut-être ressusciterons-nous le jeune sorcier ou même Jacques Guernière. Rien ne sera impossible au Seigneur de Mouches. Rien !

Violaine se taisait, écrasée par la vision abominable du corps de Baalzébuth. Les ondes noires qu'il émettait la révulsaient. Il fallait qu'elle s'isole pour appeler Quentin. D'un mouvement involontaire, elle saisit le ruban et le dénoua.

– Qu'est-ce donc ? s'enquit Azael. Une relique, un souvenir ?

Il s'en empara, guettant la réaction de la sorcière.

– C'est un souvenir, en effet, répondit Violaine qui essayait de masquer son trouble. Je le possède depuis très longtemps et je voudrais le conserver avec moi.

– C'est étrange, murmura le démon, je le sens habité par une magie très ancienne. Une magie que je ne goûte guère et qui n'aura bientôt plus aucune importance ! Serait-ce un présent de Jacques Guernière ?

Tétanisée, Violaine baissa les paupières en signe d'acquiescement.

– Quelle étrange idée de le porter au moment du triomphe de mon Maître.

Dans sa paume ouverte, la fine torsade de velours s'embrasa et se réduisit en cendres qu'il dispersa d'un souffle. La sorcière réprima le hurlement d'horreur qui montait sur ses lèvres. Elle était seule désormais. Et entièrement à la merci d'Azael.

– Allons, n'y pensons plus ! lança le démon avec bonhomie. Le passé est le passé, Violaine, et l'avenir qui s'offre à nous, radieux ! J'ai à présent besoin de ton sang.

Violaine voulut lever son bâton mais des doigts puissants le lui arrachèrent puis la ceinturèrent. Arnaud de Blanquefort la maintenait entre ses bras décharnés.

– Je redoutais que tu hésites au moment suprême, déclara Azael. Les humains sont si souvent versatiles.

Il saisit le poignet de la jeune fille et plongea sa lame dans sa paume. Le sang coula sur le torse de la statue et disparut, bu par la pierre.

LE DÉSERT OCÉAN

Le vent s'est tu.

Nicolas dresse l'oreille, en quête du sifflement monotone et obsédant qui n'a jamais cessé depuis qu'il a posé le pied dans le désert de sable rouge.

Une immobilité totale s'est emparée du paysage. Les dunes sont figées sous la lumière crue qui tombe à la verticale du ciel écarlate. Les trois plantes dressent leurs silhouettes pétrifiées sur l'horizon.

« Elles vont mourir », songe-t-il.

Alors un immense bruissement monte des entrailles de la terre.

Le sable se lisse soudain et fond comme sous l'effet d'une chaleur brutale. Il prend la consistance d'un liquide épais et tiède. Nicolas pousse un cri d'angoisse quand le sol se dérobe sous lui.

À sa grande surprise, le parallélépipède de pierre contre lequel il se tient adossé ne coule pas, mais flotte sur l'océan incarnat qui a remplacé le désert. Il s'y juche, le souffle court.

Au fond des flots, un battement sourd résonne en cadence. Ses ondes puissantes ont traversé des espaces inimaginables avant de parvenir jusqu'à lui.

Le Seigneur des Mouches !

Son cœur assoupi s'est remis à battre.

Quelque part sur Terre, Azael a reconstitué la statue.

Quelque part sur Terre, Azael l'a nourrie de sang !

Des images désordonnées l'assaillent. Une salle souterraine aux murs de laquelle sont fixés des anneaux rouillés, la silhouette monstrueuse de Baalzébuth, le visage effrayé d'une jeune fille qu'il ne connaît pas.

– C'est fini, murmure-t-il. Azael a gagné.

INFECTION VIRALE

Un bond la mena sur l'appui d'une des fenêtres du second étage. Un autre la propulsa jusqu'à la gouttière. Une prise du bout des doigts, un balancement, une pirouette et Anne se retrouva debout sur le toit. C'est à peine si le silence de la nuit avait été troublé au moment où la semelle de ses baskets avait touché les ardoises.

Quelques semaines plus tôt, elle aurait été éblouie par cette performance. Elle était désormais trop pleine de hargne pour y accorder la moindre attention.

Depuis qu'ils avaient regagné la maison de Comberoumale, l'inaction lui pesait. Elle rêvait d'en découdre avec Azael mais leur ennemi était introuvable. Comme elle le soupçonnait, les pieds avaient disparu de la cache où Violaine et Quentin les avaient glissés. Quant au torse... Ils n'avaient pas jugé bon de retourner à Orléans.

Une violente altercation l'avait opposée à ses compagnons et elle avait préféré quitter le salon plutôt que de se laisser aller à la rage qui menaçait de lui faire perdre la raison. À la lumière de la lune, elle contempla ses mains. Elle ne parvenait plus à rétracter les griffes qui remplaçaient ses ongles. Quant à son épiderme, il était aussi épais qu'une peau tannée. D'un doigt hésitant, elle effleura ses canines et les sentit plus longues et pointues que dans son souvenir.

– Tu ne te trompes pas, Anne, tu te transformes de manière irréversible. Ce qui faisait ta force devient ton talon d'Achille.

Rakshasa s'était assise près d'elle. Ses prunelles dorées brillaient dans le noir.

– Que crois-tu qu'il va m'arriver ? interrogea Anne avec un soupçon d'inquiétude.

– Ce qui est arrivé à Simon. Quentin le redoute depuis le jour de ton arrivée ici. Bientôt, tu ne seras ni humaine ni démon, mais une créature incertaine, tout entière soumise à sa colère et à sa violence.

Un tremblement s'empara des membres de la jeune fille. Au prix d'un effort souverain, elle parvint à le réprimer.

– Et que faire pour éviter de devenir ce... cette chose ?

– Renvoyer Azael dans la pierre. Les maléfices qu'il a tissés disparaîtront avec lui.

– Tu persistes à croire que nous en sommes capables ? Quentin n'a aucune nouvelle de Violaine. Peut-être est-elle passée dans le camp d'Azael. Peut-être Azael a-t-il découvert leur plan et il la retient prisonnière. Comment Quentin compte-t-il la retrouver maintenant qu'il a fait cadeau à son pire ennemi de toutes les pièces de la statue ?

– Tout n'est pas perdu. Laisse-lui encore un peu de temps.

– Du temps ? grinça Anne. Tu te moques du monde !

Elle lança un regard sarcastique à sa voisine et sauta dans le vide. Elle se reçut souplement dix mètres plus bas et s'assit en tailleur sur la pelouse, le dos tourné à la maison.

Rakshasa soupira et fourragea dans son épaisse crinière. Anne avait raison, ils n'avaient plus le temps.

Quentin trompait son inquiétude devant l'écran du portable. Il avait lancé une requête sur Google : « Adorateurs de Baalzébuth », sans rencontrer de résultats notables. Il allait se déconnecter quand un phénomène étrange attira son attention. Une inscription insolite venait d'apparaître dans le coin gauche de l'écran, trois mots qui n'avaient aucun sens : « The baba luz ».

L'antivirus n'avait pas réagi lorsqu'ils s'étaient affichés, or le phénomène avait tout d'une infection virale. Quentin relut les trois mots, s'efforçant de comprendre ce qu'ils signifiaient. Ils provoquaient en lui un malaise qu'il ne s'expliquait pas. Il envisageait de gagner le cyberespace pour interroger les noûss quand un hurlement au rez-de-chaussée le fit sursauter. C'était Jeanne !

Il descendit en catastrophe et la trouva décomposée. Alertés par ses cris, Anne, Rakshasa et Ogier l'avaient rejointe.

– Nicolas, bégaya-t-elle, Nicolas. Venez voir, vite !

Ils dévalèrent les marches de la cave et coururent au laboratoire. Le visage sur la pierre était couvert d'une pellicule brillante. Quentin tendit le doigt et le ramena poisseux.

– Du sang ! La pierre exsude du sang !

– Qu'est-ce que ça signifie ? gémit Jeanne en tombant à genoux.

Dans un geste dérisoire, elle essuya de ses mains nues le visage de son fils.

Personne ne répondit. L'évidence les assommait. Azael était en train d'ouvrir la voie au Seigneur des Mouches. Violaine avait échoué et ils avaient échoué avec elle !

– « Celui qui effacera le nom du Seigneur des Mouches sera l'unique aux cent millions de bras », récita Rakshasa. Appelons les Passeuses et supplions-les de nous dire qui il est.

– Je le leur ai déjà demandé, répondit Quentin. Elles m'ont répondu : « Sache simplement que l'unique aux cent millions de bras n'est pas de ce monde mais qu'il en est pourtant. »

– Ça ne veut rien dire ! cracha Anne. Une fois de plus ces vieilles folles ne cherchent qu'à nous embrouiller ! Je...

– Attendez ! la coupa Jeanne. Nicolas... je l'entends.

– Que vous dit-il ? s'impatienta Anne.

Elle se gratta le cou et grogna. Sa peau avait l'aspect jauni d'un parchemin. Quentin échangea un regard désespéré avec Rakshasa tandis que Jeanne secouait la tête.

– Je ne comprends pas ses paroles. En revanche, je vois ce qu'il voit...

Elle avait fermé les yeux.

– Je vois un océan de sang, un ciel rouge et vide. Maintenant, je vois Azael et Violaine. Elle a peur. Elle est blessée.

Quentin se pencha sur sa mère et caressa ses cheveux.

– Où se trouvent-ils, maman ? Je t'en prie, cherche un détail qui nous permette de savoir où ils sont !

Jeanne mordit ses lèvres. Sous ses paupières baissées, ses yeux roulaient sans relâche.

– Je pense qu'ils sont sous terre, dans une pièce aux murs de moellons, comme ici. Je vois des anneaux de fer scellés dans la paroi et un socle sur le sol...

– Tiffauges ! s'exclama Quentin. Azael est à Tiffauges !

Son bâton se tordit entre ses mains. Il en cingla l'air. Aussitôt, un tunnel obscur s'ouvrit dans le vide.

RETROUVAILLES

Violaine comprimait sa main sans parvenir à étancher le sang et à apaiser sa douleur. Azael avait percé sa chair là où Arnaud de Blanquefort puis la plante immonde de Gayian l'avaient frappée.

Le démon avait oublié sa présence. Il observait la statue, guettant les premiers signes de sa transformation. Soudain, la pierre rouge se ternit. Les pieds, les jambes, le torse, prirent une écœurante couleur ventre de poisson.

Comme Azael l'effleurait de l'index, elle fut agitée de menus frémissements. Un battement sourd résonna alors et l'énorme cage thoracique se gonfla. Bientôt, la pulsation lancinante résonna plus fort, martyrisant ses oreilles.

Le cœur de Baalzébuth avait commencé à battre!

– Il est temps, mon Seigneur! lança Azael. Partout, vos disciples sont en train d'écrire votre nom. Alors votre route va s'éclairer et vous trouverez le chemin de ce monde.

Un claquement brutal l'interrompit et Quentin, Ogier, Anne, Rakshasa et Jeanne se matérialisèrent dans la salle souterraine. Les prunelles d'Azael flamboyèrent tandis qu'Arnaud de Blanquefort lui faisait un rempart de son corps.

– Quelle surprise, toute la sainte famille est parvenue à me retrouver ! Vous arrivez à point nommé ! Regardez plutôt !

Il désignait la statue. Le cou et le menton de Baalzébuth avaient pris la même teinte blême que son corps. Sa poitrine tressautait, comme s'il luttait pour emplir ses poumons d'air et le battement de son cœur rythmait le silence qui s'était abattu dans la cave. Plus fort, plus distinct à chaque seconde.

– Animer la statue ne suffit pas ! lâcha Quentin. Comment pourrais-tu avoir trouvé les fidèles qui doivent écrire son nom ? Tu es seul, Azael. Seul !

Le démon ricana.

– Je reconnais qu'à l'époque d'Habram ou de Jacques Guernière[1] j'aurais eu plus de mal à mener mon entreprise à son terme. Par bonheur, nous vivons une époque qui offre des ressources inépuisables à qui sait les utiliser. J'ai eu une riche idée de posséder le corps d'un jeune homme qui n'ignore rien de l'informatique et d'Internet !

Quentin se figea. Les mots que venait de prononcer Azael réveillèrent en lui le malaise inexplicable qu'il avait éprouvé à Comberoumale.

– The baba luz ! s'exclama-t-il.

Ses compagnons le regardèrent comme s'il avait perdu la raison tandis qu'Azael se pétrifiait.

1. Voir *Le sort d'éternité.*

– Retenez-le par tous les moyens ! lança Quentin.

Son bâton flamboya et il disparut.

Dans la seconde, il se matérialisa à l'intérieur des services administratifs du château. Plusieurs ordinateurs étaient en veille. Il en relança un. Dans le coin gauche de l'écran, *Baalzébuth* était tracé en lettres brillantes !

Comme il venait de le comprendre, le virus était programmé pour modifier à un moment déterminé l'ordre des lettres qui composaient son message inepte. « The baba luz » était l'anagramme de *Baalzébuth* !

Azael avait utilisé à son profit les millions d'ordinateurs connectés à Internet. La technologie la plus moderne s'était fait l'alliée de la magie la plus ancienne. À l'heure qu'il était, partout sur la planète, des écrans portant le nom de Baalzébuth s'éclairaient, comme autant de bougies tremblotant dans la nuit, et ces fragiles luminaires guidaient le marcheur redoutable vers son but.

Se changeant en brouillard d'électrons, Quentin s'engouffra dans le modem et gagna le cyberespace.

L'UNIQUE
AUX CENT MILLIONS DE BRAS

Quentin sentait palpiter en lui et hors de lui l'immense océan qu'était Internet. Chacun des électrons qui le constituaient vibrait à l'unisson des myriades d'électrons qui irriguaient le phénoménal enchevêtrement de câbles et de fibres optiques dans lequel il dérivait.

Il était chacun d'eux. Il était le même, multiplié à l'infini, porté par la marée d'informations qui roulait, s'étendant à chaque seconde toujours plus loin.

Et partout, le virus qu'Azael avait lancé à l'assaut d'Internet dessinait une mosaïque obscure et répugnante.

Ses innombrables avatars étaient la ligne de flammes sinistre qui guidait le Seigneur des Mouches vers la lumière. Ils étaient nombreux, si nombreux que Quentin sut qu'il ne pourrait les détruire tous.

« Le temps ! songea-t-il avec désespoir. Je n'aurai pas le temps. »

∞ *Nous t'attendions. Il se passe de mauvaises choses.*

Dénuée de support physique, la phrase avait explosé dans sa conscience, répercutée en millions d'échos. À la lisière de son esprit, le noûss tournoyait lentement, ses flagelles ondulant au rythme des flux de données. Le friselis qui les parcourait indiquait que la créature éprouvait une vive tension.

∞ *Et moi j'ai besoin de vous!* répondit Quentin. *Il faut effacer les virus qui ont contaminé le réseau.*

∞ *Cela, nous ne le pouvons pas. Nous n'intervenons pas dans les affaires des humains. Toi en revanche, tu le peux.*

Une vague de désespoir traversa le sorcier.

∞ *Il y en a trop. Je ne peux pas me glisser dans chaque ordinateur, dans chaque serveur, pour les effacer un à un.*

∞ *Alors, efface-les tous.*

Quentin interpréta le frémissement qui agita la créature comme une marque de connivence.

∞ *Accepte de te fondre en moi!* poursuivit le noûss. *Tu sais que nous pouvons à notre gré fonctionner seuls ou de manière collective, à l'image des neurones d'un cerveau qui seraient capables de mener une existence autonome puis de se connecter à l'ensemble des cellules qui le composent. Nous t'offrons nos bras. Accepte-les.*

Sans plus attendre, les lignes de programme qui composaient l'entité qu'était devenu Quentin s'agrégèrent à celle de son interlocuteur. Il sentit aussitôt les frontières de son esprit s'abolir.

Partout sa conscience palpitait, multipliée, relayée par les noûss qui peuplaient le cyberespace.

Et l'évidence le saisit.

Il était l'unique aux cent millions de bras et chacun de ses flagelles lui permettrait d'éliminer les virus d'Azael !

D'un mouvement de son esprit, il les effleura pour en prendre la mesure et n'en oublier aucun. Une agitation soudaine les parcourut car rien dans leur programme ne les avait préparés à être traqués et débusqués. Recomposant frénétiquement leur code, ils tentèrent de muter pour lui échapper.

Alors, de ses innombrables mains, Quentin les saisit et, d'une pensée, il les anéantit.

Azael resta les yeux braqués à l'endroit où Quentin avait disparu et, à son expression, Anne comprit qu'il allait tenter de le suivre. Dans un grondement de colère, elle bondit.

Arnaud de Blanquefort voulut la retenir mais elle le balaya d'un revers de la main.

Percutant le démon de tout son poids, elle empoigna sa tête et la frappa contre le sol. Le crâne d'Azael rebondit avec un bruit sec sans que cela semble lui occasionner plus qu'un léger désagrément. L'épée du chevalier mort siffla au-dessus de la jeune fille et rencontra celle d'Ogier.

Le Templier repoussa son adversaire tandis qu'Anne et Rakshasa tentaient de maîtriser le démon. Il les prit par le cou et les maintint enserrées dans l'étau de ses mains.

– Quentin ne pourra rien faire, il est trop tard. Vous allez mourir comme celui-là.

Il désignait Ogier qui résistait vaille que vaille aux assauts du chevalier mort. Le Templier enfonça son épée dans la poitrine d'Arnaud. Elle glissa en crissant entre ses côtes, ce qui n'empêcha pas son adversaire de lui donner un violent coup d'épaule et de le faire rouler en arrière, l'obligeant à lâcher son arme.

– Tu ne peux pas me tuer ! jubila Arnaud.

Frappant de taille, il marqua la poitrine d'Ogier d'une large estafilade.

– Mais moi, je le peux !

Azael, amusé, vit Jeanne soulever à grand-peine l'épée d'Ogier et la pointer vers lui. Ses bras tremblaient sous le poids de l'arme.

– Rendez-moi mon fils, dit-elle avec un calme surprenant.

Un éclat de rire lui répondit. D'un geste négligent, Azael projeta Anne et Rakshasa au sol.

– Quelle naïveté, ma chère ! Ne comprenez-vous pas qu'il est trop tard ? Écoutez !

Le cœur de Baalzébuth battait si fort que les murs de la salle vibraient à chacune de ses pulsations. Où que fût Quentin, songea Jeanne désespérée, il n'était pas parvenu à enrayer l'infernale mécanique qu'Azael avait enclenchée !

À cet instant, son attention fut attirée par un phénomène étrange. Un glapissement contrarié fusait des lèvres de la statue. Ses cornes, qui se teintaient d'ivoire, redevinrent rougeâtres. Le cri de joie qui montait aux lèvres d'Azael mourut dans sa gorge.

Telle une lèpre, la pierre reprit possession du front, du nez, de la bouche puis du corps de Baalzébuth. Dans sa poitrine, les battements s'assourdirent, s'espacèrent puis s'interrompirent.

LA DERNIÈRE PERLE

Incrédule, Azael se pétrifia. Ses yeux allaient de la statue à Quentin qui venait d'apparaître à quelques pas de lui. Arnaud de Blanquefort lança un regard menaçant à Ogier et se rangea aux côtés de son maître. Son masque de vieux cuir portait une entaille qui avait mis l'os à nu.

– Rien n'est perdu, siffla Azael. Le corps de mon maître est intact et je suis toujours libre.

– Plus pour longtemps, répondit Quentin. Je vais te renvoyer dans la pierre et sceller la cave.

– Pour cela, tu devras mourir ! Te sens-tu capable de ce sacrifice ?

Il désigna Jeanne qui avait aidé Anne à se relever. La jeune fille haletait. Ses pupilles brillaient dans la pénombre et ses mains, déformées, ressemblaient à des serres. Elle coassa :

– Ne fais pas ça, Quentin.

Violaine rejoignit Quentin et montra sa paume ensanglantée à Azael.

– Ce n'est pas Quentin qui va te prendre en lui, mais moi. Nous sommes liés par un pacte, Azael.

– Quel assaut de courage ! persifla le démon. Allez-vous longtemps faire échange de politesse afin de savoir qui de vous deux va mourir ?

Les contours de son corps se brouillèrent mais Quentin frappa le sol de son bâton et des flammes blanches cernèrent Azael, le forçant à demeurer face aux deux sorciers. Le démon affecta un air de souveraine indifférence et croisa les bras.

– Vous ne pourrez jamais détruire la statue de Baalzébuth. Quant à moi, je sortirai un jour ou l'autre de la pierre et je retrouverai mon Seigneur. Mais cette fois, il n'y aura pas de sort d'éternité qui vaille et personne pour s'opposer à moi !

– Les démons sont décidément aussi présomptueux que les humains ! caqueta une voix grêle.

À demi dissimulées par l'idole, les Passeuses se dandinaient d'un pied sur l'autre. Elles s'approchèrent de leur démarche dansante et celle qui tenait les ciseaux les tendit à Violaine qui, décontenancée, les saisit.

– L'éternité est longue, démon. Tu es bien placé pour le savoir et même les immortels aspirent au repos.

Contrairement à leur habitude, ses sœurs se taisaient.

– Te souviens-tu, Violaine, de ce que tu as juré, le soir où nous avons accepté de te renvoyer dans le passé afin de rencontrer ta mère[1] ? « À l'heure dernière, tu nous obéiras en tout point et tu prendras la place qui sera la tienne. »

– Je m'en souviens, répondit la sorcière, et je tiendrai ma parole.

1. Voir *La tentation de l'ombre*.

Elle coula un regard triste en direction de Quentin qui lui saisit la main.

– Évidemment, les humains ne peuvent détruire cette statue, reprit la Passeuse en s'adressant au démon, mais imagine qu'un être plus puissant qu'un humain choisisse de disparaître et l'entraîne dans sa chute.

– Non ! rugit Azael.

La Passeuse leva la main et il se tut.

– Dois-je le prendre en moi maintenant ? demanda Violaine.

– Tu ne m'as pas comprise, répondit la Passeuse. La place qui est la tienne n'est pas parmi les morts. Ouvre-moi une porte !

La sorcière demeurait interdite. Alors la Passeuse lui montra les ciseaux et répéta :

– Ouvre-moi une porte !

D'un geste mécanique, Violaine fendit l'étoffe du monde. Aussitôt, la Passeuse aux pinces écarta la plaie béante et ménagea un passage. Empoignant la statue, celle qui avait tenu les ciseaux s'engouffra dans l'ouverture et sa sœur recousit l'espace.

Anéanti, Azael étouffa un gémissement.

Quentin dévisagea ses compagnons l'un après l'autre puis son regard s'attarda sur sa mère et Anne. Le temps était venu de prononcer le sort qui arracherait Azael au corps de Nicolas. Le temps était venu d'accepter sa mort.

– La dernière pierre ! bredouilla Rakshasa.

À l'index de Quentin, la perle de sang luisait avec éclat et semblait battre au rythme de son sang. Quelque chose grandissait en lui, une présence fraternelle qui le remplit entièrement avant de le quitter.

– Nous nous retrouvons donc après tout ce temps.

Jacques Guernière se tenait devant le démon. Il se tourna vers Quentin et tendit la main. Celui-ci y déposa son bâton.

– Ce ne sera ni ce jeune homme ni ma chère Violaine qui te prendront en eux, mais moi. Tu me dois bien cette revanche, non ?

Au terme d'un effort gigantesque, Azael parvint à articuler :

– Les Passeuses ont tout manigancé. Tu n'es qu'un objet entre leurs mains, Jacques, et tu vas mourir une seconde fois.

– Que m'importe, répondit Jacques, si c'est bercé par le regard de celle que j'ai toujours aimée. Tiendras-tu ma main cette fois, Violaine ?

Muette, la jeune fille emmêla ses doigts aux siens tandis qu'il tissait son sort.

Azael se pétrifia, cerné par de hautes flammes pâles. De sa bouche, de ses oreilles, de ses yeux, ils virent sourdre des ruisselets vermeils qui cascadèrent jusqu'au sol. Jeanne hurla, croyant qu'il s'agissait de sang, et voulut s'approcher. Ogier la retint.

– Laissez faire le sorcier, madame. Ce n'est que du sable. Du sable rouge.

Un monticule écarlate et friable s'était formé aux pieds du démon et semblait l'aspirer vers le bas. Jacques le toucha alors de son bâton. Le corps du démon, comme frappé par une bourrasque, se délita et s'abattit sur les dalles dans un crépitement sec. Un grouillement noirâtre en jaillit que Jacques saisit et fit disparaître.

Là où se tenait Azael l'instant d'avant, Nicolas titubait. Son visage était couvert d'une fine poussière pourpre. Il sourit, ses jambes flageolèrent et il s'effondra.

À cet instant, le bâton de Jacques s'embrasa, puis son corps. Indifférente aux flammes, Violaine garda sa main entre les siennes, jusqu'à ce qu'il ne reste plus entre ses doigts crispés qu'un peu de cendre grise qu'un courant d'air fit voleter et disparaître. Alors seulement, elle les desserra. Sur sa paume, reposait un ruban de velours vert qu'elle porta machinalement à ses narines avant de le nouer dans sa chevelure.

Elle avait repris l'aspect qui était le sien avant qu'Azael ne scelle son pacte avec elle. C'était à nouveau une vieille femme aux longs cheveux blancs qui fixait la silhouette recroquevillée de Nicolas d'un air absent. Les deux Passeuses la rejoignirent pour lui parler à voix basse et Quentin fut frappé par leur ressemblance.

Jeanne avait pris Nicolas entre ses bras et le berçait. Il était inconscient et respirait lentement. Son visage était amaigri mais apaisé, comme s'il relevait d'une longue maladie. Allongée un peu plus loin, une carcasse décharnée gisait sur le sol qu'Ogier poussa du pied avec dégoût. Une main se posa sur l'épaule de Quentin. Il se retourna. Anne le dévorait de ses yeux noirs et brillants. Elle ne portait plus aucun stigmate de sa transformation.

– Je suis redevenue moi, murmura-t-elle. Une fille sans pouvoirs surhumains mais qui t'aime.

Quentin lui montra ses mains vides. À son index, la bague avait disparu.

– J'ai peur que tu doives te contenter d'un garçon tout ce qu'il y a de banal. Je n'ai plus de bâton et le savoir de Jacques m'a quitté.

– Et moi ? Vais-je rester ici à me lamenter pour l'éternité, condamnée à la solitude de ceux qui ont trahi les leurs et veillant sur vos cadavres momifiés ? plaisanta Rakshasa. Sans pouvoirs magiques, je vois mal comment vous sortirez de ce souterrain, à moins que Violaine ne vous ouvre un passage. C'est elle qui tient les ciseaux à présent. Ma maîtresse est devenue la plus puissante des Passeuses. Beau destin pour la petite sauvageonne du bois des Fadettes, ne trouvez-vous pas ?

– Nous allons vous aider à quitter ces lieux, intervint la Passeuse à l'aiguille. Ogier, que diriez-vous de regagner Gayian ?

– Rien ne saurait me rendre plus heureux ! répondit le Templier. Mon monde n'est plus et le présent ne me tente guère. J'espère que mes compagnons ne m'en voudront pas de les abandonner.

– Quant à vous autres, poursuivit la Passeuse à la bobine, notre sœur Violaine a choisi votre destination. Nous l'approuvons. Lui faites-vous confiance ?

Violaine se tenait en retrait. Dans sa main droite, les ciseaux cliquetaient doucement. Quentin s'approcha d'elle et la prit dans ses bras. Un bref instant, elle répondit à son étreinte puis elle le repoussa.

– Ne tardez pas, je vous en prie. Je ne voudrais pas pleurer devant vous.

– Tu ne dois pas en rougir, dit Anne qui s'était avancée, les yeux brouillés de larmes. Je regrette tout ce que j'ai pu te dire ou penser de toi.

Les mains de Violaine se crispèrent. Elle les observa comme si elles lui étaient étrangères, s'attardant sur leur peau flétrie, les taches sombres qui les parsemaient, puis prit celles d'Anne.

– Je n'ai rien à te pardonner. Tu n'étais plus toi-même et je ne souhaitais que devenir une autre. Nous nous sommes trompées toutes deux. Il est temps de remettre de l'ordre dans nos existences.

D'un geste ample, elle fendit l'étoffe du monde. Jeanne, qui avait réussi à dresser Nicolas sur ses pieds, lui sourit avec reconnaissance. Sans un mot, la Passeuse aux pinces écarta les lèvres de la brèche. Ogier s'y engagea le premier, après avoir adressé un signe à ses amis. Anne et Rakshasa passèrent à leur tour et Jeanne et Quentin, chargés de Nicolas, fermèrent la marche.

Enfin, lorsque la Passeuse à l'aiguille eut refermé l'espace, Violaine éclata en sanglots.

RETOUR

Un éblouissement, une sensation de froid glacial, une nausée.

L'espace d'un instant, Quentin crut qu'il allait tomber. Refermant ses doigts sur le bord de la table, il respira profondément. Avait-il été victime d'une hallucination ? Des images absurdes dansaient encore devant ses pupilles qu'il ne parvenait pas à rattraper.

Il tâtonna pour trouver une chaise et s'assit. Son crâne l'élançait et ses idées peinaient à se remettre en place. Il laissa vaguer ses yeux sur le décor familier qui l'entourait. La table ronde où ses parents, son frère et lui prenaient leurs repas chaque jour, les meubles aux façades jaunes et bleues, le plan de travail en hêtre massif encombré d'objets dépareillés que son père avait chiné, la fenêtre encadrée de rideaux grèges.

Sur un tableau accroché au mur, sa mère avait écrit : « Retour de Marc 18 heures ce soir » et il devina l'émotion avec laquelle sa mère avait tracé ces mots. Son père s'était absenté pour un déplacement en province et, comme à chaque fois qu'il prenait la route, elle éprouvait une inquiétude que seul son retour dissipait.

Le temps était gris et une forte pluie battait le carreau dans un crépitement sonore et régulier, presque hypnotique. Quentin observa la rue en contrebas. La nuit tombait tôt en février. De rares silhouettes gagnaient en courant la bouche de métro tandis que les voitures roulaient au pas, phares allumés, faisant étinceler l'asphalte. La vitre était fraîche et il y appuya son front douloureux, espérant y trouver un réconfort.

Que lui arrivait-il et pourquoi éprouvait-il la désagréable sensation de ne plus être lui-même, de se sentir à l'étroit dans son propre corps ? D'où venait cette impression diffuse de perte et d'abandon ? Il entrevit des visages et des lieux étrangers qui s'évanouirent presque aussitôt.

La gorge nouée, il se dirigea vers le réfrigérateur et en inspecta le contenu. Manger était la solution la plus facile qu'il eût trouvée pour dissiper ses crises d'angoisse ou de mélancolie. Il faillit se laisser tenter par un morceau de fromage mais il palpa son ventre replet et grimaça. Il serait peut-être temps d'entamer un régime et de ne plus céder à ces fringales inopinées ; au moins Nicolas n'aurait plus l'opportunité de le traiter de petit gros.

Quentin regagna sa chambre et contempla la pile de feuilles crachées par son imprimante. C'était le roman dans lequel il s'était lancé quelques mois auparavant. Il devait en faire la lecture à Nicolas mais n'en avait pas encore trouvé le courage. Le moment était-il bien choisi ? Empoignant le manuscrit, il traversa le couloir et frappa à la porte de son frère.

Pas de réponse.

Il toqua de nouveau sans que lui parvienne le « Entre ! » rogue par lequel Nicolas l'accueillait en général. Surpris, il tourna la poignée et passa le visage par l'entrebâillement. Nico avait abandonné son ordinateur à moitié désossé en attente de la carte vidéo qu'il avait achetée la veille. S'enhardissant, Quentin pénétra dans la pièce.

Nicolas était allongé sur son lit et dormait. Ses épais cheveux bruns étaient emmêlés et son visage se découpait sur l'oreiller, si pâle que Quentin se demanda s'il était malade. Il s'approcha et posa sa main sur le front de son frère qui grogna mais ne se réveilla pas. Une expression apaisée qu'il ne lui connaissait pas flottait sur ses traits. Sa chaussure droite avait glissé de son pied et menaçait de tomber. Quentin la saisit pour la poser par terre et s'étonna en constatant qu'une poussière de grains rouges adhérait à la semelle. Il s'en dégageait une odeur aromatique qui s'évanouit presque aussitôt.

Où diable Nicolas s'était-il promené ? À sa connaissance, il n'avait pas quitté la maison de la journée. Et s'il était sorti, compte tenu du temps, comment ce sable n'avait-il pas été rincé par la pluie ?

Quentin regagna sa chambre, s'assit à son bureau et parcourut le premier paragraphe de son roman :

L'aube avait barbouillé les collines de sang et une insupportable odeur de charogne emplissait le défilé. Dorian Stoneheart abandonna sa monture à l'entrée du couloir rocheux. Son adversaire possédait une ouïe fine et un hennissement intempestif aurait signé son arrêt de mort. Dorian flatta l'encolure de son cheval, saisit son arc, son carquois et se mit en marche.

Ces mots qu'il avait passé tant de temps à chercher, à corriger, lui semblaient à présent sans saveur. Il était certain que s'il les lisait à Nicolas, celui-ci les jugerait avec sa dureté habituelle. Ses doigts se crispèrent sur la feuille et la froissèrent avant de la jeter dans sa corbeille.

Peut-être était-il temps d'écrire une histoire qui lui soit propre.

Quentin s'adossa à sa chaise et ferma les yeux. Des méandres de son imagination s'éleva une haute demeure à demi voilée par la nuit. Il devinait une présence tapie dans ses profondeurs.

Son visage s'éclaira tandis que la trame de son récit lui apparaissait, de plus en plus précise. C'était comme renouer avec des lieux et des amis que le temps aurait éloignés. Une sensation de bien-être l'envahit.

D'une pression de l'index, il mit en marche son ordinateur puis lança le traitement de texte. Il lui fallait capturer sans plus attendre cette atmosphère nocturne, cette vision qui semblait née de sa mémoire bien plus que de son imaginaire et qu'il ne voulait pas perdre.

Ses doigts parcoururent le clavier tandis que les mots s'alignaient sur l'écran.

Une lumière jaune tombe des réverbères. Elle éclaire chichement la rue des Bas-Fossés.

Au bout, une grande bâtisse se découpe sur le ciel couleur de suie. Pas une lumière ne filtre au travers de ses volets fermés.

Derrière, le grand jardin se perd dans les ombres, sous l'œil rond de la lune. Le gazon n'a pas été tondu depuis l'automne. Des vagues molles l'agitent à chaque souffle de vent. Plus loin, un bosquet de bouleaux distille son chuchotis de ruisseau.

Le chat dresse sa tête triangulaire au-dessus des herbes. À sa gueule, une souris morte. Il aurait pu la dévorer à côté du bassin, là où il l'a tuée. Mais quelque chose le pousse à s'approcher de la maison qu'il longe en silence. Dans un angle de la façade nord, dissimulée par une avancée de pierre, une ouverture circulaire de faible diamètre l'attire comme un aimant.

Un bond fluide, une torsion du corps. Le chat s'y engouffre. À l'intérieur, le conduit s'évase un peu. L'air est frais, sec, légèrement parfumé. L'animal tend le museau, renifle et ferme les yeux de plaisir. Ensuite, il entame sa descente. Il connaît le chemin. Il l'a emprunté si souvent. Et l'odeur, la délicieuse odeur l'invite à poursuivre. Quand le boyau se ramifie, il n'hésite pas et s'enfonce, toujours plus profond, jusqu'à ce qu'il atteigne une salle souterraine.

CHAT PERDU

Quentin s'interrompit à regret en entendant la porte d'entrée claquer. Sa mère était rentrée ! Il enregistra son travail et se rendit dans la cuisine.

Jeanne avait posé trois sachets sur la table.

– Coucou, mon grand ! Ton père est là ?

Quentin secoua la tête et une expression d'inquiétude traversa le regard de sa mère.

– Il y a sans doute des bouchons au péage, dit-il pour la rassurer. Tu le connais... Il va débarquer à l'heure du repas, glisser les pieds sous la table et râler parce que c'est froid. On parie ?

Mme Daurevilly éclata de rire en se débarrassant de son manteau.

– J'admets qu'on n'est pas loin de la réalité !

– Tu veux que je t'aide à préparer le dîner ? poursuivit Quentin.

– Avec plaisir ! Ton travail est terminé ?

Il grommela un oui inaudible. Mieux valait ne pas annoncer à sa mère qu'il s'était lancé dans l'écriture d'un nouveau roman. Il lui en ferait la surprise quand il « tiendrait » une centaine de pages.

– Parfait ! Je vais embrasser ton frère et on s'y met. Qu'est-ce que tu dirais d'une raclette, ce soir ? J'ai craqué en passant chez l'épicier.

– Génial ! s'enthousiasma Quentin.

– Au choix, tu laves la salade ou tu coupes le fromage.

– Je m'occupe du fromage !

Sans plus attendre il se mit à l'ouvrage tandis que Jeanne disparaissait dans le couloir. Elle revint au bout de quelques minutes, un sourire étonné aux lèvres.

– Ton frère a eu un mal fou à se réveiller. Il avait l'air de sortir d'un cauchemar. Si je ne savais pas qu'il a passé la nuit ici, je le soupçonnerais d'avoir fait la fête jusqu'à l'aube ! En tout cas, il m'a serrée contre lui à m'en briser les os. On aurait dit qu'on ne s'était pas vus depuis des mois !

Elle éclata de rire et ajouta :

– Ça ne lui ressemble pas !

Quentin faillit lui parler du sable sur les chaussures de Nicolas mais préféra s'abstenir. Son frère n'appréciait guère ses incursions dans sa vie privée.

– Et maintenant, si je te donnais un coup de main ? interrogea sa mère.

Bientôt, ils contemplèrent avec satisfaction l'amoncellement de fromage et de charcuterie qu'ils avaient réparti entre plusieurs assiettes. Jeanne consulta l'horloge murale :

– Bon, je vais appeler ton père. J'ai besoin de savoir s'il en a encore pour longtemps.

Elle se rendit au salon et décrocha le téléphone. Quentin la suivit, s'installa dans un fauteuil et consulta le programme télé tandis que sa mère composait le numéro.

Après quatre sonneries, Jeanne entendit avec soulagement la voix de son mari.

– Allô, Marc, c'est moi. Tout va bien ?

– Très bien. Je me suis arrêté pour me reposer sur une aire d'autoroute. Il pleut à verse, ça m'a semblé prudent. Je ne devrais plus tarder. Compte une heure au plus. À la limite, commencez à dîner sans moi.

– Non, on t'attendra. Ton rendez-vous s'est passé comme tu voulais ?

– Aux petits oignons. Au fait, tu diras aux garçons que je leur prépare une surprise !

– Une surprise ? répéta Jeanne tandis que Quentin levait les yeux de sa revue. Qu'est-ce que c'est ?

– Si je te le dis, ce n'en sera plus une ! Je t'embrasse. À tout à l'heure.

Jeanne raccrocha et rencontra le regard interrogateur de son fils.

– Ne me demande pas ce que ton père vous rapporte, je n'en sais pas plus que toi. Mais à sa voix, il semblait très satisfait de lui.

Vingt heures sonnaient quand Marc entra dans l'appartement. Dans une main, il tenait sa sacoche, et dans son bras replié, un chat. Il le posa sur le canapé et contempla sa famille en souriant.

– Je l'ai trouvée sur l'aire d'autoroute, dit-il comme pour s'excuser. C'est une femelle. Elle a été abandonnée... Je ne me voyais pas la laisser sous la pluie battante.

Jeanne embrassa son mari et caressa la tête de la chatte qui se mit à ronronner. Elle avait un épais pelage fauve et sa tête triangulaire était éclairée par de superbes pupilles dorées. Quentin, fasciné, ne pouvait en détacher son regard. Cet animal était le portrait craché de celui qu'il avait imaginé s'enfonçant dans les profondeurs de la maison.

– Elle est extraordinaire ! s'exclama Marc sous le charme. Je l'ai installée sur le siège passager et elle n'a pas bougé du trajet. Regardez comme elle est belle !

– Tu vas me rendre jalouse ! plaisanta Jeanne.

Nicolas quitta le fauteuil dans lequel il était affalé et vint s'asseoir près du félin qui frotta sa tête contre sa main en poussant de petits grognements. Ses doigts s'enfoncèrent dans la fourrure et en savourèrent la douceur veloutée.

– C'est vrai qu'elle est belle. Et drôlement gentille. On la garde ?

L'expression revêche qui ne l'avait pas quitté depuis son réveil forcé s'était miraculeusement évanouie.

– Je crois que je n'ai pas le choix, répondit Jeanne en prenant la taille de son époux. Tu en penses quoi, Quentin ?

L'animal tourna vers lui ses yeux dorés, comme en attente de sa réponse, et l'adolescent éprouva un choc comparable à une décharge électrique.

– Elle est magnifique.

– Alors tout le monde est d'accord, déclara Jeanne. Maintenant, il va falloir lui trouver un nom. Qui a une idée ?

– Rakshasa, proposa Quentin.

– Où es-tu allé chercher un nom pareil ? s'étonna son père. C'est un peu long, non ?

– Moi, ça me plaît bien, dit Nicolas en prenant la chatte dans ses bras. Et toi, ça te convient ? demanda-t-il en grattouillant la tête de l'animal. Si c'est trop long, on t'appellera Rak, d'accord ?

– Adjugé ! conclut Marc.

D'un bond léger, le félin gagna les genoux de Quentin qui s'était assis sur le canapé et riva ses prunelles dans les siennes.

– Bonjour Rak, dit-il avec douceur. Bienvenue à la maison.

La chatte posa familièrement sa patte sur sa main et Jeanne éclata de rire.

– Apparemment, son nouveau nom lui plaît ! Si ce n'était pas un animal, je jurerais qu'elle t'a souri !

AUTOMNE

C'était un samedi d'automne. Quentin paressait, allongé sur son lit. Rakshasa, lovée contre son ventre, ronronnait et levait de temps à autre la tête vers lui, en quête d'une caresse. Par la fenêtre ouverte, l'adolescent apercevait le ciel semé de nuages blancs qu'un vent tiède éparpillait au-dessus des toits.

Depuis février, les jours avaient passé sans heurts et Quentin ne pouvait se défendre du profond ennui qui le gagnait parfois. Sans doute sa vie était-elle à l'image de celle de n'importe quel lycéen, pourtant, il aurait apprécié un peu plus d'animation dans la sienne. Allait-il se remettre à son manuscrit ? Cette histoire de frères ennemis qu'il écrivait depuis plus de huit mois le distrayait et les personnages nés de son imagination, Violaine, Jacques et tant d'autres lui semblaient parfois aussi réels que les membres de sa famille ou ses amis.

La brise venue de l'extérieur lui donna des envies de balade.

Il faillit proposer à Nicolas de prendre son skate et de l'accompagner mais se souvint qu'il préparait une colle de mathématiques. Son frère avait intégré une classe préparatoire en septembre et ses horaires de travail étaient éprouvants.

– Pousse-toi, ordonna-t-il à la chatte. Je vais faire un tour au Luxembourg.

Elle poussa un léger miaulement et se mit sur le dos, les pattes repliées, en attente d'une caresse qu'il lui accorda sans barguigner. Rak était devenue l'esprit familier de la maison et sa présence soyeuse nécessaire. Souvent, lorsqu'il écrivait, elle s'installait sur son bureau et le couvait de ses prunelles étoilées d'or, comme pour lui insuffler un surcroît d'imagination.

Quentin remonta le boulevard Saint-Michel, surpris de croiser dans les vitrines la silhouette du long garçon mince qu'il était devenu en si peu de mois. Finies les crises de boulimie depuis que ses relations avec Nicolas étaient sereines. Après avoir emprunté la rue de Médicis, il pénétra dans les jardins.

Laissant le palais derrière lui, il gagna le grand bassin et s'assit sur une chaise. Les arbres, immobiles sous le soleil de septembre, se paraient de couleurs douces, un peu fanées, qui accentuèrent sa mélancolie. À quelques mètres, assis sur la margelle du bassin, deux enfants s'amusaient à faire naviguer un petit bateau équipé d'un moteur électrique et il se prit à les observer, distrait par leurs rires et leurs éclats de voix.

Ses pensées, volatiles et vagues, l'entraînaient sans cesse dans des rêveries qu'il jugeait ridicules. À qui aurait-il pu expliquer que, depuis des mois, il était nostalgique d'un passé qui n'existait pas et que son imaginaire était le plus sûr des refuges ?

Quittant son siège, il gagna l'ombre des arbres puis marcha sans but, droit devant lui.

Il atteignait la statue du marchand de masques quand il croisa un couple qui s'arrêta sous les frondaisons d'un érable.

Le garçon était de taille moyenne, châtain, mince et pâle, l'air réservé. Ses vêtements étaient uniformément noirs. La fille, très jolie, avait un visage délicat sous une chevelure brune et ébouriffée. Ses yeux, soulignés d'un trait de khôl, étincelaient. Elle portait une jupe courte, de grosses chaussures de cuir montantes et un tee-shirt sur lequel était représentée une croix renversée. À son cou, pendait une mince chaînette ornée d'une minuscule chauve-souris.

Ce fut comme une apparition. Quentin n'avait jamais vu cette jeune fille et pourtant il lui semblait l'avoir toujours connue. Son visage, sa démarche, éveillaient en lui des souvenirs confus.

Les deux jeunes gens paraissaient en désaccord et le ton monta rapidement. Soudain, le garçon lança une parole sèche et tourna les talons. Sa compagne le regarda s'éloigner et haussa les épaules avec agacement.

Quentin la détailla tandis qu'elle s'asseyait sur un banc. Lentement, elle repoussa ses cheveux derrière ses oreilles puis mordilla sa lèvre inférieure. Du pied, elle éparpilla les feuilles mortes qui jonchaient le sol.

Quentin restait immobile, le cœur battant. Malgré l'envie qui le tenaillait, il ne s'imaginait pas aborder cette inconnue. Pour lui dire quoi ? Qu'il la trouvait si jolie qu'il n'avait pu s'empêcher de lui adresser la parole ? Qu'il aimerait en faire l'héroïne de son roman ?

Il allait s'éloigner quand elle leva les yeux dans sa direction, fronça les sourcils et lui sourit. Stupéfait, il lui rendit son sourire. Elle quitta le banc et le rejoignit.

– Bonjour, on s'est déjà rencontrés, non ?

– Je ne crois pas, balbutia Quentin, interloqué par cette entrée en matière abrupte.

– C'est drôle, je l'aurais juré ! Ton visage me rappelle quelqu'un, poursuivit la fille. On est peut-être dans le même lycée, je suis à Fénelon.

Elle le regardait si intensément qu'il baissa les yeux.

– Tu y as peut-être rencontré mon frère, Nicolas, concéda-t-il, on se ressemble un peu. Il est en prépa.

Elle secoua la tête et se mordit la lèvre avant de déclarer :

– Non, ça ne me dit rien. En fait, c'est toi que je suis certaine de connaître. De bien connaître. Mais c'est absurde, je le sais. En fait, je ne sais même pas ton prénom.

– Quentin. Et toi ?

– Tu es sûr de ne pas l'avoir déjà entendu dans une vie antérieure ? interrogea-t-elle avec humour.

– Tu crois à ça ? s'étonna-t-il.

– À ça, oui, et à des trucs encore plus délirants ! Je te raconte ?

Elle le prit par le bras et Quentin éprouva une étrange impression d'évidence à ce contact. Sa présence lui était familière, tout comme son odeur fruitée. Ses lèvres se retroussèrent, dévoilant ses dents, aussi blanches et aiguës que celles d'un animal.

– Au fait, je m'appelle Anne !

Ils remontèrent l'allée sans prêter attention aux trois vieilles femmes qui s'installèrent sur le banc. Elles se ressemblaient. Mêmes longues chevelures blanches, mêmes visages ridés, mêmes longues robes de toile claire.

L'une d'elles observa le couple qui s'éloignait. Son regard s'attarda sur Quentin. Un voile de tristesse passa devant ses yeux et un soupir lui échappa.

– Tout va bien, ma sœur ? demandèrent d'une seule voix ses compagnes.

La vieille femme regarda le ciel bleu, les feuilles des arbres frissonnant sous la brise d'automne, les deux adolescents qui marchaient épaule contre épaule.

D'un geste lent, elle passa sa main dans ses cheveux et en ramena un ruban de velours vert qu'elle lissa du pouce et de l'index. Le parfum de fleurs sèches qui s'en échappa fit éclore un sourire sur ses lèvres.

– Oui, répondit-elle. Maintenant, tout va bien.

TABLE DES MATIÈRES

Prologue 7
Le rat 9
Pensées funèbres 13
Le multivers 19
Blessures 25
Fleurs écarlates 31
Le pacte 33
La plus qu'humaine 43
Un pur génie 49
Querelle 55
Réaction en chaîne 61
Cerveau virtuel 65
Le tore 73
Veillée d'armes 81
Le sceau 87
Prédictions 91
Solitude 97
Le Ba'haï 99

Piège 107
Les nomades 113
Les yab'chaïns 121
Amnésie 129
Va'hilinor 135
L'ombre 143
Celle-qui-a-survécu 145
Vérité 153
Le lac de Till'un 159
Énigme 165
Li'ya 171
Le grand arbre 179
Jaïn et Irseï 183
Le Maître des mains 187
Le poignard 191
Nuit 195
Gaïnj'Pur 197
Confiance 201
Festin 207
Haine 213
Les s'vildres 217
Frères 223
Trahison 231
Le cri 237
Diableries 239
La perle de sang 245
The baba luz 251
Le ruban vert 255
Le désert océan 261
Infection virale 263
Retrouvailles 269

L'unique aux cent millions de bras 273
La dernière perle 279
Retour 287
Chat perdu 293
Automne 299

L'AUTEUR

Jean Molla est né à Oujda, au Maroc, en 1958. Il a d'abord fait le désespoir de ses parents en se livrant à diverses activités saugrenues (apiculteur, professeur de guitare classique, guide de musée).
Aujourd'hui, il habite Poitiers et partage équitablement son temps entre son fils, ses activités de professeur de français, la lecture, la musique, les amis et, quand il lui reste un peu de temps, l'écriture.
Il aime particulièrement les ambiances noires et écrire des romans aux personnages forts, comme *Coupable idéal* pour Rageot, *Djamila*, *Sobibor* ou *Que Justice soit faite* pour Gallimard et Grasset Jeunesse.

L'ILLUSTRATEUR

Originaire de Provence, **Vincent Dutrait** a étudié l'illustration à l'école Émile-Cohl de Lyon avant de travailler pour la presse et de collaborer à de nombreux livres jeunesse pour des éditeurs français et étrangers. Parallèlement, il a enseigné l'art de la bande dessinée à l'école Émile-Cohl pendant quatre ans.
Influencé par les œuvres des peintres américains du début du siècle dernier, cet amateur de pêche et de musique est fasciné par la littérature fantastique, le cinéma, les voyages. Il vit dans la région parisienne avec son épouse et leur fille.

Les Revenants

Une tétralogie fantastique de Jean Molla

Tome 1

LE SORT D'ÉTERNITÉ

Tome 2

LA TENTATION DE L'OMBRE

Tome 3

LE PUITS DES ÂMES PERDUES

Tome 4

LE PARFUM DU RUBAN VERT

Retrouvez

Les Revenants

sur le site

www.lesmondesimaginairesderageot.fr

Impression réalisée par

CPI
Brodard & Taupin

La Flèche

pour le compte de Rageot Éditeur
en avril 2009

Imprimé en France
Dépôt légal : mai 2009
N° d'impression : 52565
N° d'édition : 4913-01